HIROMU ARAKAWA

FULLMETAL ALCHEMIST

II

TOMES 4-5

FULLMETAL ALCHEMIST

SOMMAIRE

TOME 4

TOME 5

TOME 4

TOME 5

Fullmetal Alchemist Steel Edition II (tomes 4 - 5)

French Translation by : **Éditions Kurokawa**
Collection dirigée par : **Grégoire Hellot**
Traduction, adaptation et lettrage : **Fabien Vautrin & Maiko_O**
ISBN : **978-2-351-42752-1**

Kurokawa - 12, avenue d'Italie
75627 PARIS Cedex 13

Dépôt légal : mars 2012
Nouveau tirage : janvier 2019
Imprimé en France par Aubin Imprimeur

KUROKAWA
www.kurokawa.fr

CHAPITRE 13
UN CORPS DE MÉTAL

QUEL VILAIN GARNEMENT...
JE ME DEMANDE COMMENT TU AS PU ÊTRE AU COURANT POUR CET ENDROIT...
URG ...
JE NE PENSAIS PAS QUE TU EN DÉCOUVRIRAIS AUTANT, MAIS... C'EST TROP TARD MAINTENANT...
SHWING

FRÉROT !!!
FRÉROT ! BON SANG, FRÉROT !!
ON N'EST PAS FINIS ! ON POUVAIT ENCORE SE BATTRE !!
REDONNEZ-MOI UN CORPS !
UN NOUVEAU CORPS !!
DONNEZ-MOI...
PLAC

ARG
NON MAIS TU VAS LA FERMER, ESPÈCE D'ABRUTI !
VOUS AVEZ FAILLI TUER UNE PRÉCIEUSE OFFRANDE POUR LE SACRIFICE !
CLING
CLING
SANS OUBLIER QUE VOUS ALLIEZ LUI DÉVOILER DES INFORMATIONS CONFIDENTIELLES !
CLING
CLING
CLING
VOUS AVEZ MIS EN DANGER NOS PLANS, BANDE D'IMBÉCILES !
CLANG
TU N'AS PLUS RIEN À DIRE, C'EST ÇA?
CLANG
CLANG
JE ME TROMPE ?!
CLANG

ENVY ...
IL EST DÉJÀ MORT...
AH ?
JE ME DISAIS, IL MANQUE UN PEU DE RÉPONDANT ...
EN EFFET, IL EST MORT
C'EN EST DÉSOLANT DE VOIR À QUEL POINT LA VIE EST FRAGILE...
HA, J'ALLAIS OUBLIER ...

RAVI DE FAIRE TA CONNAIS-SANCE, FULLMETAL NABOT
JE DEVRAIS TE FÉLICITER D'ÊTRE ARRIVÉ JUSQU'ICI MAIS...
J'AI BIEN PEUR QUE TU EN AIES VU UN PEU TROP...
ET SI ON TE TUAIT AUSSI, FINALEMENT ... ?
ESPÈCE DE...
OH ?
SCRICH
HO HOO !!
SWOOSH

ON DIRAIT BIEN QUE CE PETITOT EN A ENCORE ASSEZ EN RÉSERVE POUR SE BATTRE !
PFFF
PFFF
OH NON ! J'AIME PAS LES COMBATS ...
ÇA FAIT MAL QUAND ON SE FAIT TAPER ...
Ha la la
ARRÊTE DE M'APPELER « PETIOT » !!
CLAP
C'EST TOI QUI M'AS CHERCHÉ, NON ?
ALORS VIENS TE BATTRE !!!
KLANG

... EH ?
CRIC
POURQUOI MON BRAS NE BOUGE PLUS ?
C'ÉTAIT BIEN LE MOMENT !!
ON DIRAIT QUE SON AUTO-MAIL EST CASSÉ...
QUELLE CHANCE !!!
BAM
URG

JE RIGOLAIS, JE NE VAIS PAS TE TUER...♡
ARG
TU AS DE LA CHANCE DE N'AVOIR QUE TON BRAS DE CASSÉ...
BLAM
AINSI JE NE T'AMOCHE-RAI PAS PLUS QUE TU NE L'ES DÉJÀ
MAIS N'OUBLIE PAS...
ET SI TU ES ENCORE EN VIE, C'EST PARCE QU'ON LE VEUT BIEN...

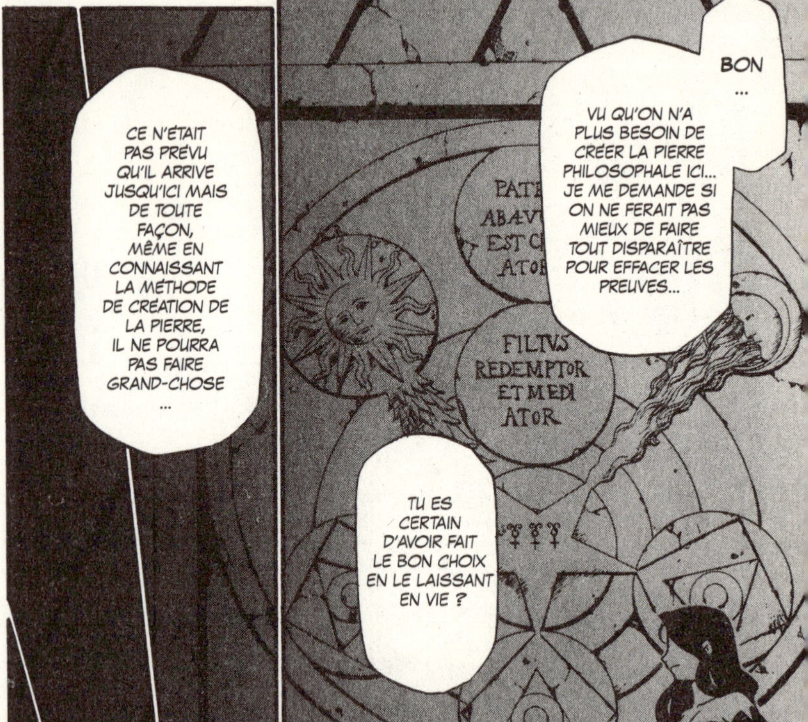
BON ...
VU QU'ON N'A PLUS BESOIN DE CRÉER LA PIERRE PHILOSOPHALE ICI... JE ME DEMANDE SI ON NE FERAIT PAS MIEUX DE FAIRE TOUT DISPARAÎTRE POUR EFFACER LES PREUVES...
TU ES CERTAIN D'AVOIR FAIT LE BON CHOIX EN LE LAISSANT EN VIE ?
CE N'ÉTAIT PAS PRÉVU QU'IL ARRIVE JUSQU'ICI MAIS DE TOUTE FAÇON, MÊME EN CONNAISSANT LA MÉTHODE DE CRÉATION DE LA PIERRE, IL NE POURRA PAS FAIRE GRAND-CHOSE ...
ET PUIS, LA PHASE FINALE DU PLAN EST DÉJÀ EN ROUTE...

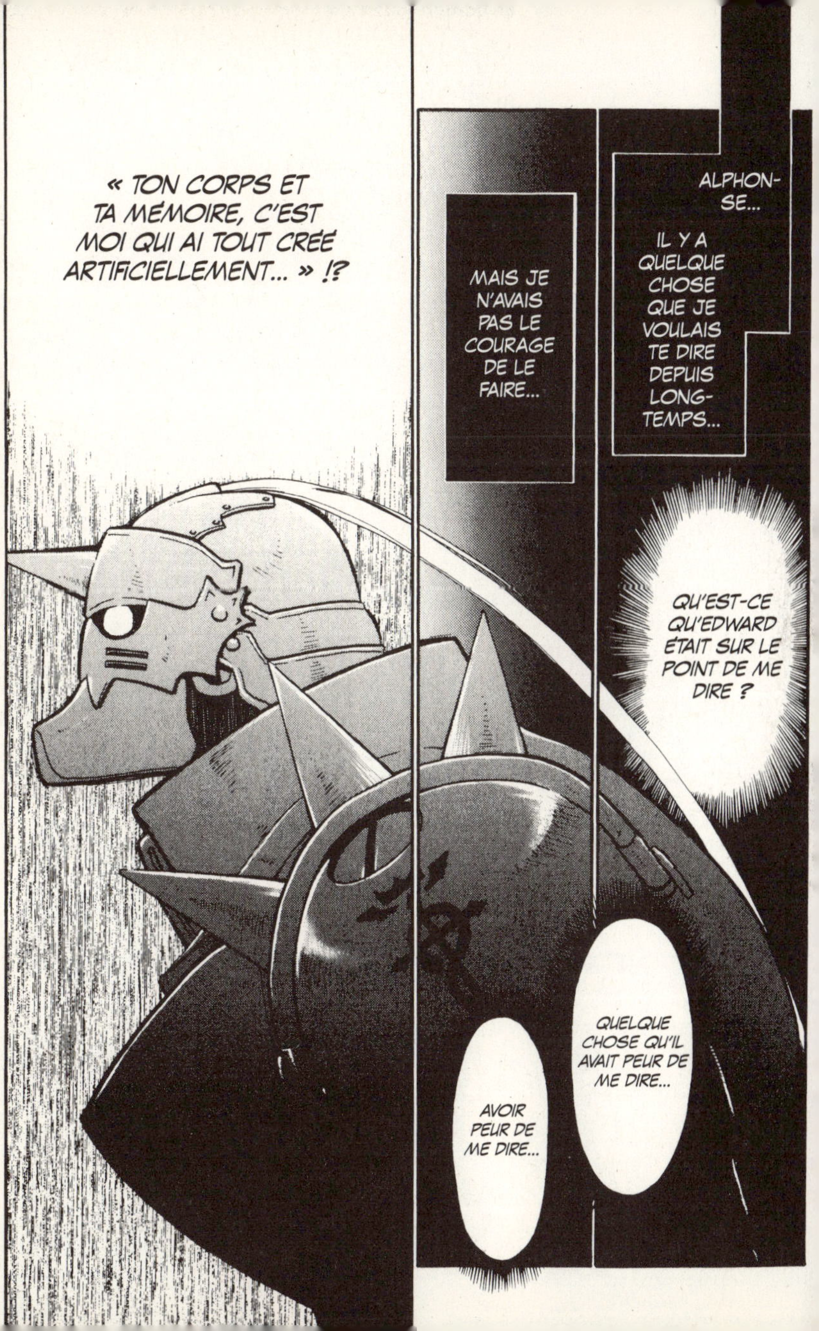
ALPHONSE...
IL Y A QUELQUE CHOSE QUE JE VOULAIS TE DIRE DEPUIS LONGTEMPS...
MAIS JE N'AVAIS PAS LE COURAGE DE LE FAIRE...
QU'EST-CE QU'EDWARD ÉTAIT SUR LE POINT DE ME DIRE ?
QUELQUE CHOSE QU'IL AVAIT PEUR DE ME DIRE...
AVOIR PEUR DE ME DIRE...
« TON CORPS ET TA MÉMOIRE, C'EST MOI QUI AI TOUT CRÉÉ ARTIFICIELLEMENT... » !?

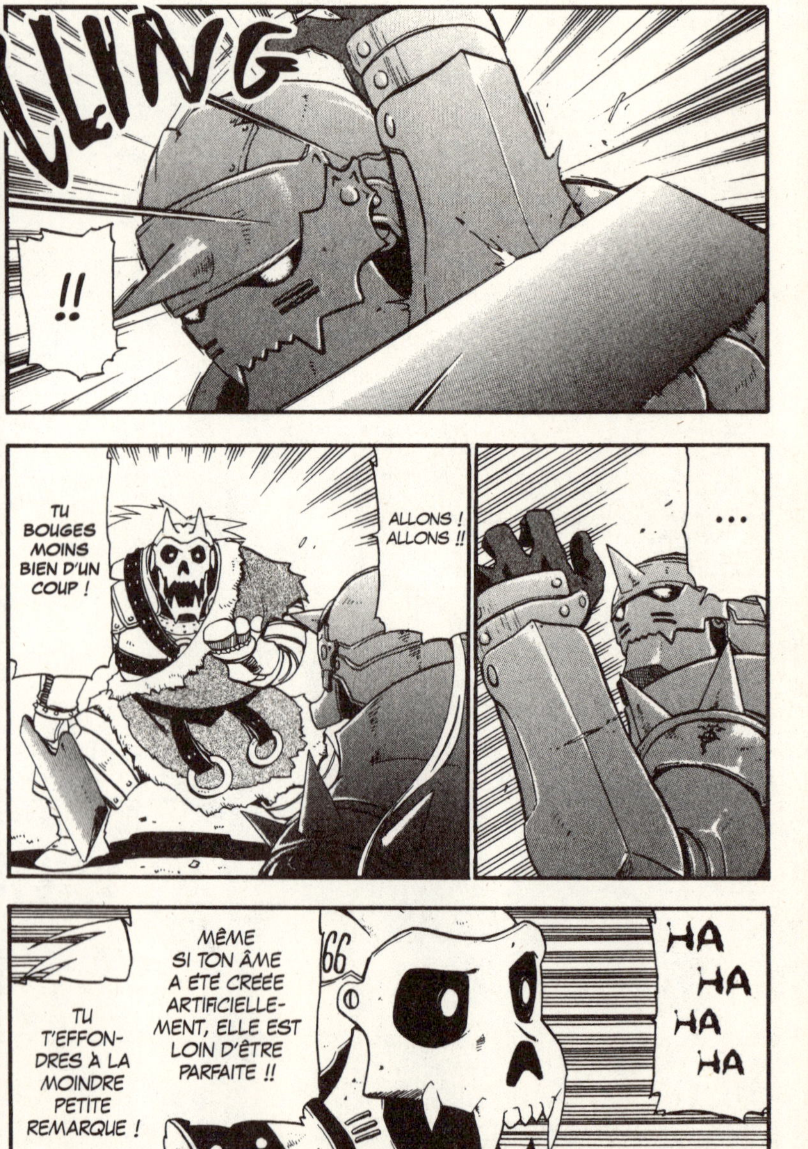
LING
!!
...
ALLONS ! ALLONS !!
TU BOUGES MOINS BIEN D'UN COUP !
HA HA HA HA
MÊME SI TON ÂME A ÉTÉ CRÉÉE ARTIFICIELLE-MENT, ELLE EST LOIN D'ÊTRE PARFAITE !!
TU T'EFFON-DRES À LA MOINDRE PETITE REMARQUE !

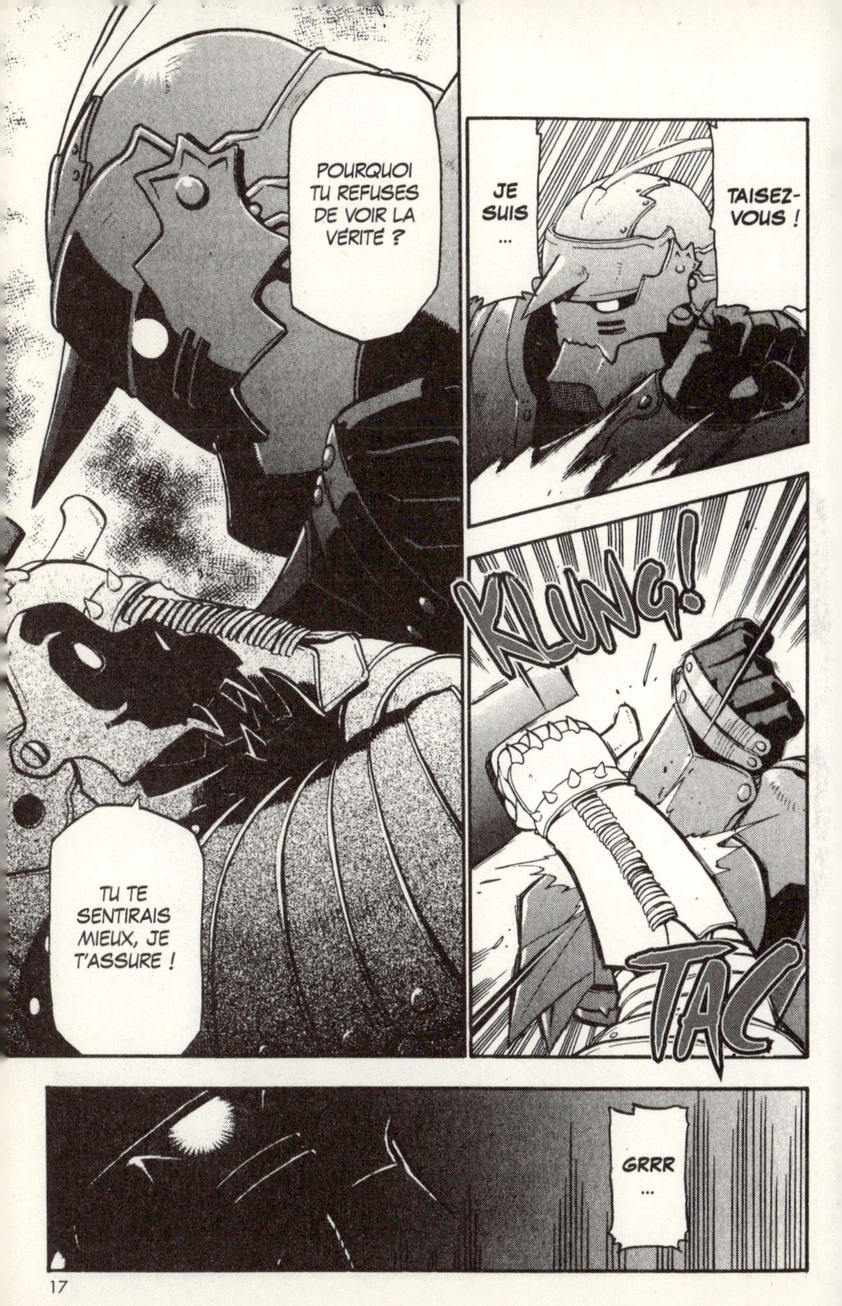
TAISEZ-VOUS !
JE SUIS ...
POURQUOI TU REFUSES DE VOIR LA VÉRITÉ ?
KLING !
TAC
TU TE SENTIRAIS MIEUX, JE T'ASSURE !
GRRR ...

CLANG
CRISSSHH
CRISSSHH
BUNK
HU HA HA HA HA HA
IL Y A TROP D'OUVERTURES DANS TA GARDE, GROS TAS !
PAN
PAN

BLAM
HEIN ?!
ON NE BOUGE PLUS !
RESTE CALME ET LAISSE PASSER ALPHONSE !
SINON, LA PROCHAINE, C'EST DANS TA TÊTE !

SOUS-LIEUTENANT ROSS !
C'EST QUI CEUX-LÀ ?
NOUS SOMMES EN CHARGE DE SA PROTECTION !
ET M...
JE ME FAIS DÉRANGER PAR LA CAVALERIE ALORS QUE JE COMMENÇAIS À M'AMUSER...
LE GARDE POSTÉ À L'ENTRÉE FAIT VRAIMENT MAL SON BOULOT...
AAH ...
C'EST VRAI QUE JE L'AI TRANCHÉ EN DEUX... J'AVAIS OUBLIÉ
PFFF ...

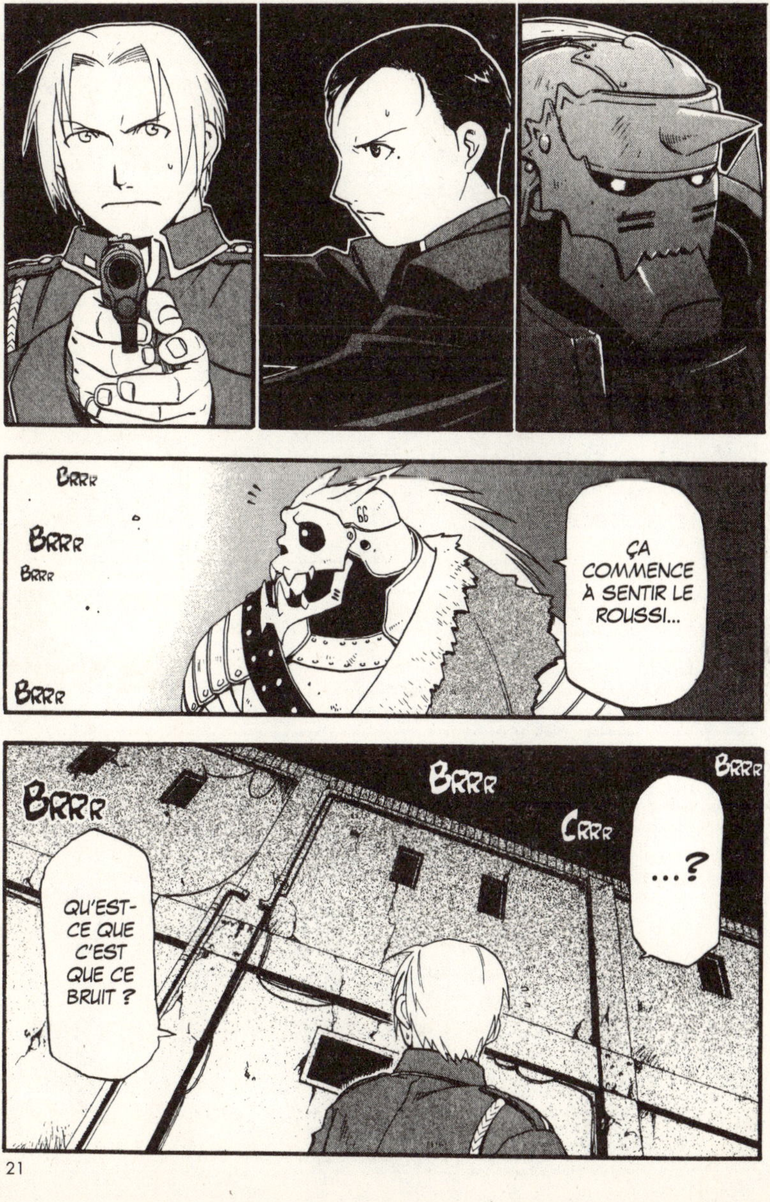
BRRR
BRRR
BRRR
BRRR
ÇA COMMENCE À SENTIR LE ROUSSI...
BRRR
BRRR
CRRR
BRRR
QU'EST-CE QUE C'EST QUE CE BRUIT ?
...?

BLAM
RUMBLERUMBLERUMBLE
QU...
C'EST QUOI CE BAZAR ?

UNE EXPLOSION ?
KLASH
SERGENT ! ON SE REPLIE !
BRRRRR
QU'EST-CE QUE VOUS FAITES ?! COUREZ !!
!!
EDWARD EST...
CLAC
ATTENDEZ !!!
OÙ ALLEZ-VOUS ?
MON FRÈRE EST À L'INTÉRIEUR ! LAISSEZ-MOI Y ALLER !!
BLAM BLAM
BLAM
NE DITES PAS DE BÊTISES ! VOUS ALLEZ ÊTRE ÉCRASÉ !!

BLAM BLAM BLAM BLAM
BLA
BON, ET... JE FAIS QUOI MAINTENANT ?
SI C'EST COMME ÇA, JE ME TIRE !
DASH
AH !! PLUS UN GESTE !!
VOUS DEVRIEZ FILER VOUS AUSSI ! SINON VOUS ALLEZ FINIR ENSEVELIS !
HA HA HA HA
QU...
EDWARD ! EDWARD EST... !!
PENSEZ D'ABORD À SAUVER VOTRE PEAU, IL EST TEMPS DE S'ENFUIR !
BRRRRCRRR
CRRR

BIEN LE BONJOUR !!
J'AI UN PAQUET POUR VOUS !
EDWARD !?
SA SITUATION N'EST PAS CRITIQUE, MAIS IL A PERDU BEAUCOUP DE SANG. FAUDRAIT LE CONDUIRE RAPIDEMENT À L'HÔPITAL
BRRR
BRRR
BON SANG ! VOUS POUVIEZ PAS LE GARDER PLUS SÉRIEUSEMENT ? FAUT FAIRE ATTENTION À LUI...
...IL EST PRÉCIEUX, POUR NOUS AUSSI...
BRRR
BRRR
BRRR
BRRR
SOUS-LIEUTENANT ROSS, DÉPÊCHONS-NOUS !
DONNEZ-MOI UN COUP DE MAIN, SERGENT !

BLAM
QU'EST-CE QU'IL LUI EST ARRIVÉ ?
JE VOUS RACONTERAI PLUS TARD !!
BLAM
TOI AUSSI, DÉPÊCHE-TOI DE T'ENFUIR !
BRRR
HA ? IL A DISPARU ?!
HEY ! VOUS DEUX, VOUS FAITES QUOI ?
EUH...
BLAM
WARGL !!

BLAM
BLAM
EH BEN TU PARLES D'UN RAFFUT, MON GARS !
CRASH
BRRR
BRRR
BRRR
VU QU'IL Y A PLUS DE LABO, J'IMAGINE QUE J'SUIS AU CHOMEDU MAINTENANT...
... QUANT À 48...
PFFF ...
JE VAIS QUAND MÊME PAS RETOURNER À LA BASE POUR LE PLAISIR DE ME FAIRE ÉLIMINER...
JE CROIS QUE JE VAIS PROFITER DE CETTE NOUVELLE LIBERTÉ POUR M'AMUSER UN PEU...

BRRRRRRRR
CRAC
Brr
CENTRAL PRISON
ALLÔ LA VIGIE ! QU'EST-CE QUI SE PASSE !?
LE CINQUIÈME LABORATOIRE S'EST EFFONDRÉ !!
LA PRISON A L'AIR HORS DE DANGER POUR LE MOMENT...
Brr
Brrr
Brrr
UN TREMBLEMENT DE TERRE ?
JE VEUX SORTIR !!
CLANG CLANG
C'EST QUOI ÇA ?
ÇA TREMBLE !
CRISH
BRRRRR

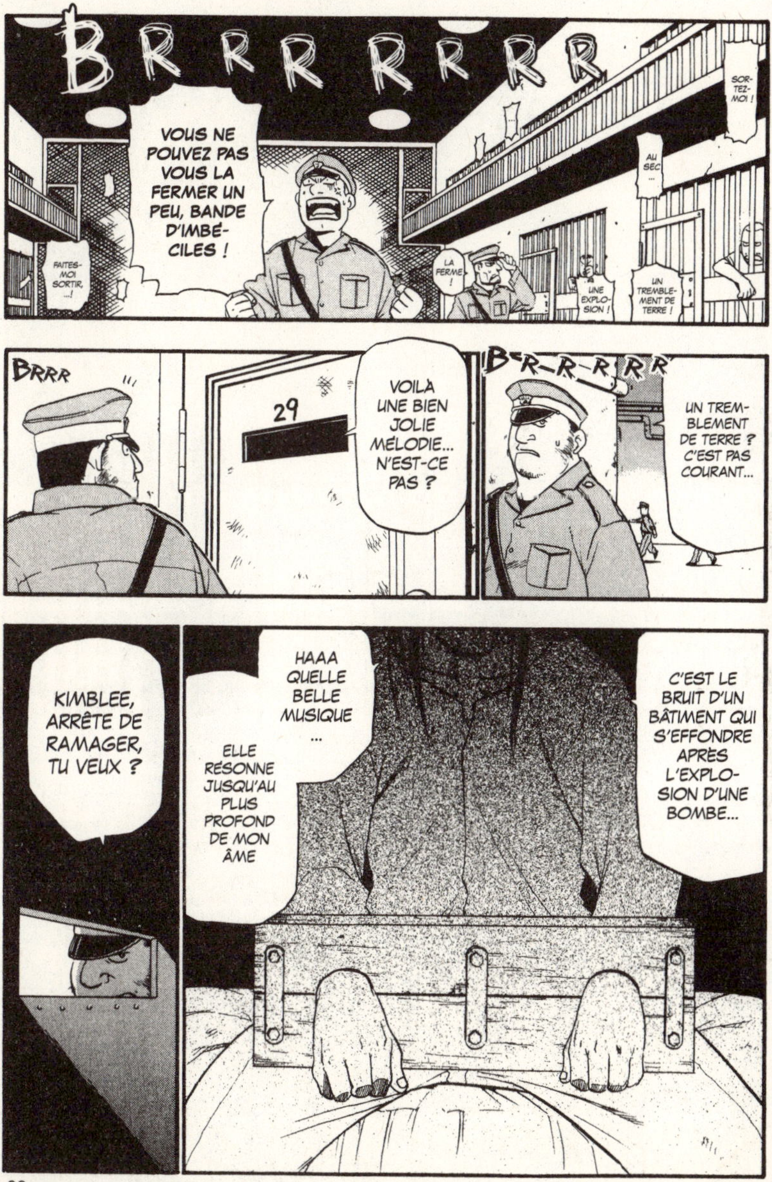
BRRRRRRRR
SORTEZ-MOI !
AU SEC ...
UN TREMBLEMENT DE TERRE !
UNE EXPLOSION !
LA FERME !
VOUS NE POUVEZ PAS VOUS LA FERMER UN PEU, BANDE D'IMBÉCILES !
FAITES-MOI SORTIR, ...!
B-R-R-R-R R R
UN TREMBLEMENT DE TERRE ? C'EST PAS COURANT...
BRRR
29
VOILÀ UNE BIEN JOLIE MÉLODIE... N'EST-CE PAS ?
C'EST LE BRUIT D'UN BÂTIMENT QUI S'EFFONDRE APRÈS L'EXPLOSION D'UNE BOMBE...
HAAA QUELLE BELLE MUSIQUE ...
ELLE RÉSONNE JUSQU'AU PLUS PROFOND DE MON ÂME
KIMBLEE, ARRÊTE DE RAMAGER, TU VEUX ?

ÇA ME RAPPELLE MES MEILLEURS SOUVENIRS DU GÉNOCIDE D'ISHBAL
OH, EXCUSEZ-MOI...
BRRR
BRRR
QUOI QU'IL EN SOIT, C'EST VRAIMENT MAGNIFIQUE
OUI, VISIBLEMENT TOUT CE RAFFUT MET EN JOIE...
HEIN, QU'EST-CE QUI LUI PREND À CHANTONNER, IL EST HEUREUX OU QUOI ?
D'accord...
VISIBLEMENT LE LABORATOIRE D'À CÔTÉ A ÉTÉ DÉTRUIT MAIS LA PRISON N'EST PAS EN DANGER ...

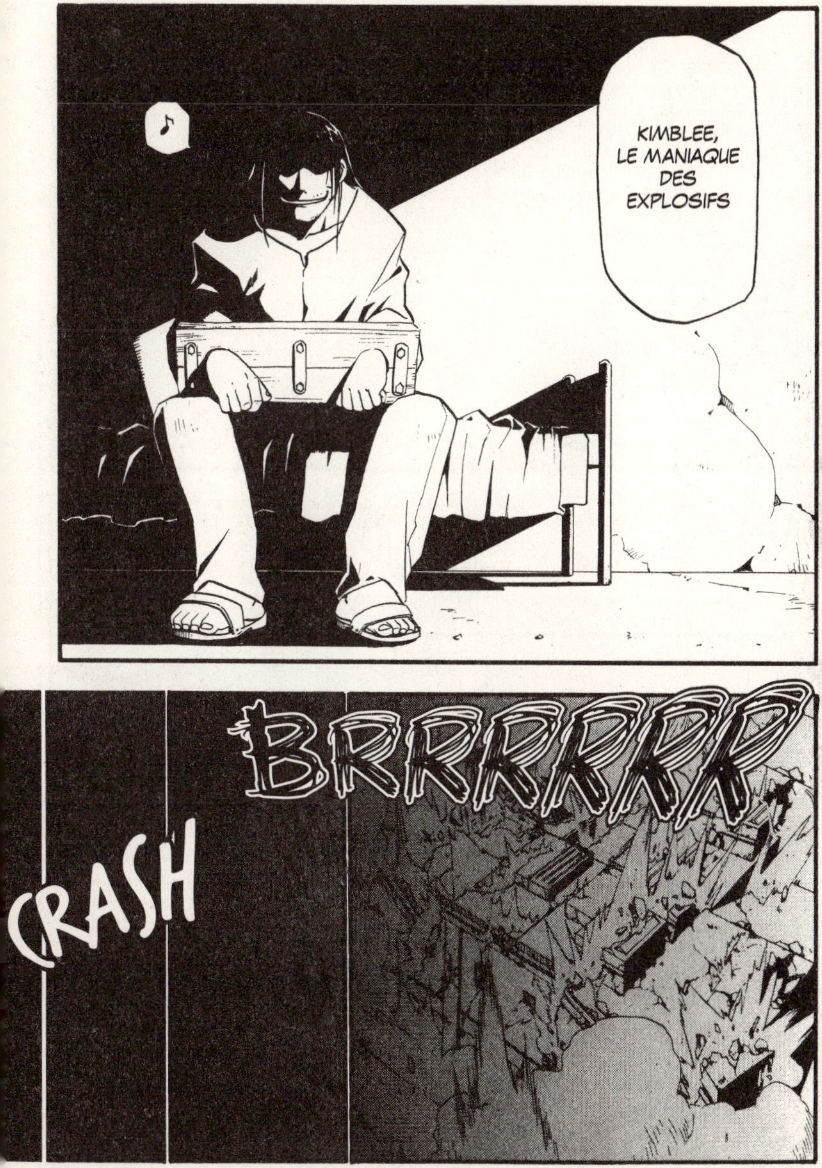
♪
KIMBLEE,
LE MANIAQUE
DES
EXPLOSIFS
BRRRRRRR
CRASH

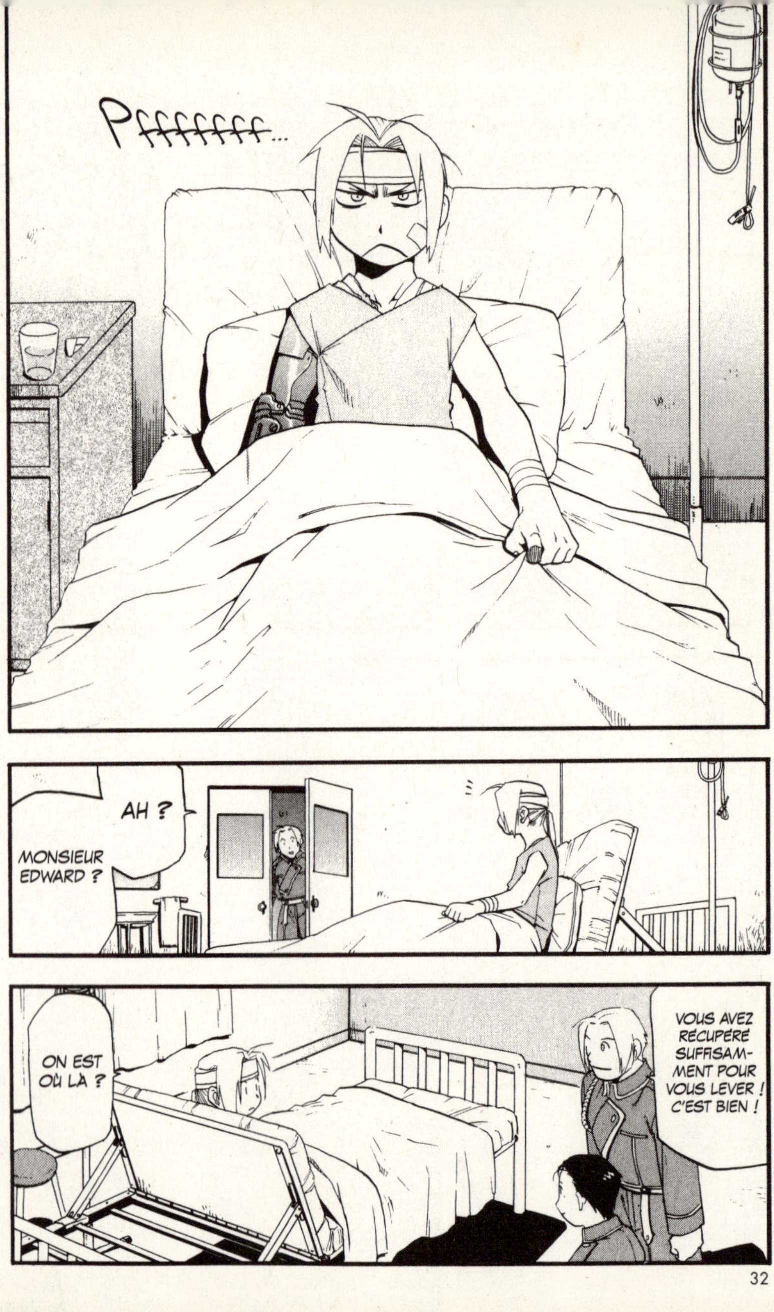
Pffffffff...
AH ?
MONSIEUR EDWARD ?
VOUS AVEZ RÉCUPÉRÉ SUFFISAM-MENT POUR VOUS LEVER ! C'EST BIEN !
ON EST OÙ LÀ ?

NOUS VOUS AVONS CONDUIT DANS UN HÔPITAL DIRIGÉ PAR UNE CONNAISSANCE DU SOUS-LIEUTENANT ROSS
NOUS AVONS JUGÉ QUE C'ÉTAIT PLUS SÛR POUR VOUS QU'UN HÔPITAL MILITAIRE...
VOUS POUVEZ RESTER ICI POUR VOUS REPOSER
MERDE... JE DÉGUSTE SÉVÈRE
J'ÉTAIS À DEUX DOIGTS DE DÉCOUVRIR LA VÉRITÉ...
C'EST PAS LE MOMENT DE RESTER CLOUÉ AU LIT !
TRÈS CHER ED-WARD
NOUS NOUS EXCU-SONS PAR AVANCE DE NOS ACTES MAIS...
SHLACK
HEIN ?

PAF
LE COMMANDANT ARMSTRONG VOUS L'A POURTANT RÉPÉTÉ JE NE SAIS COMBIEN DE FOIS ! CESSEZ D'AGIR AUSSI ÉGOÏSTEMENT !!
HE ?
IL AVAIT POURTANT JUGÉ QUE LA SITUATION ÉTAIT TROP DANGEREUSE POUR VOUS DEUX !
ET NON SEULEMENT VOUS PASSEZ OUTRE SES ORDRES MAIS EN PLUS VOUS MANQUEZ DE VOUS FAIRE TUER !!
DOÏNG
DOÏNG

oui
oui
TOUT D'ABORD, J'AIMERAIS QUE VOUS VOUS PRENIEZ CONSCIENCE AVEC VOTRE FRÈRE QUE VOUS N'ÊTES ENCORE QUE DES ENFANTS !
pfff
ENSUITE, ARRÊTEZ D'AGIR EN SOLITAIRES ET DEMANDEZ AUX AUTRES DE VOUS AIDER
...J'ESPÈRE QU'À L'AVENIR VOUS FEREZ PLUS CONFIANCE AUX ADULTES
ROMPEZ !!
CLAP

JE VOUS PRIE DE NOUS EXCUSER POUR CES PROPOS À LA LIMITE DE L'INSUBORDINATION
PLAF
AH...
NON... C'EST MOI ...
JE SUIS DÉSOLÉ
AURONS-NOUS DROIT À UNE PÉNALITÉ POUR NOS AGISSEMENTS ?
NON, BIEN SÛR QUE NON !
OUF...

POURQUOI ÊTES-VOUS SI ATTEN-TIONNES AVEC MOI ?
MÊME SI VOUS NE FAITES PAS PARTIE DE L'AR-MÉE RÉGULIÈRE, VOTRE RANG EN TANT QU'ALCHIMISTE D'ÉTAT EST ÉQUIVALENT À CELUI D'UN COMMANDANT
UN SEUL MOT DE VOTRE PART ET NOUS POURRIONS ÊTRE CONGÉDIÉS
NE VOUS TRACASSEZ PAS COMME ÇA ...
JE NE SUIS PAS DEVENU MILITAIRE PAR PASSION POUR TOUT CE QUI EST HIÉRARCHIE
ET PUIS, ON PEUT SE TUTOYER, NON ? C'EST PLUS SYMPA
JE NE SUIS QU'UN ENFANT APRÈS TOUT
C'EST VRAI ? PFIOU
EN FAIT C'ÉTAIT VRAIMENT PÉNIBLE DE VOUVOYER QUELQU'UN DE PLUS JEUNE QUE MOI !
ILS Y VONT UN PEU FORT !
AU FAIT, OÙ EST AL ?
COMME POUR TOI, ON L'A SERMONNE DANS LES RÈGLES DE L'ART
ha ha

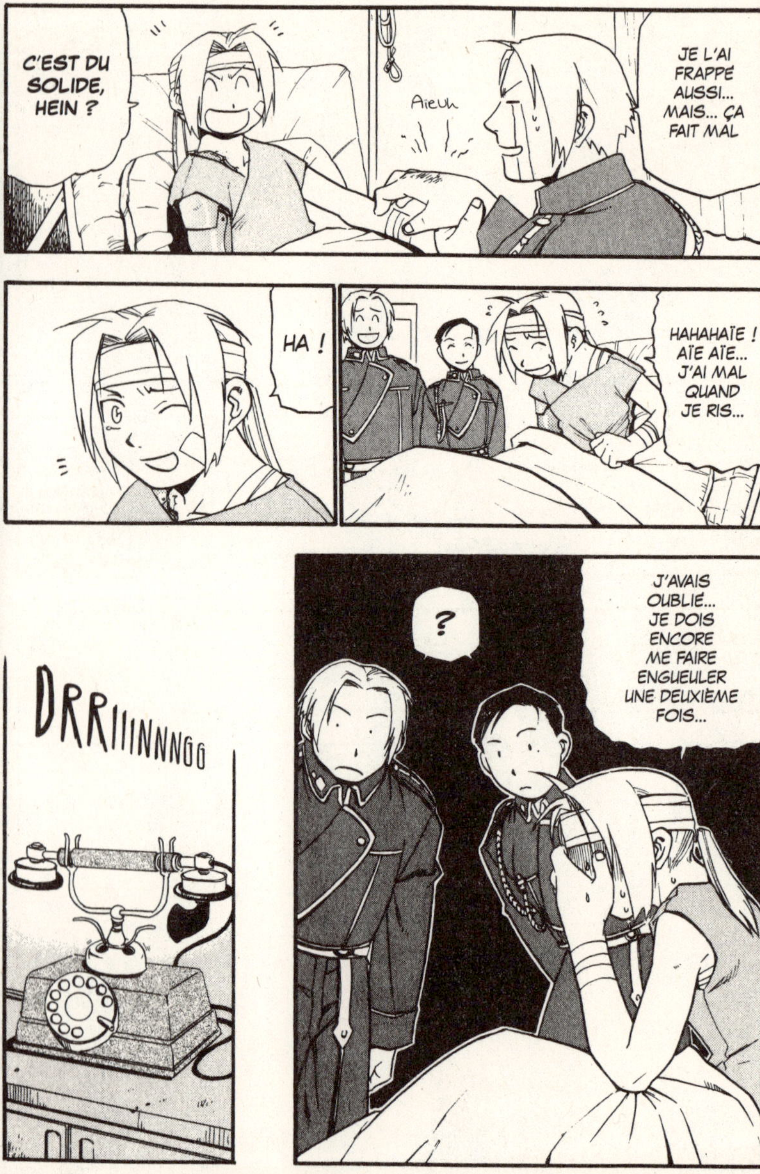
C'EST DU SOLIDE, HEIN ?
Aieuh
JE L'AI FRAPPÉ AUSSI... MAIS... ÇA FAIT MAL
HA !
HAHAHAÏE ! AÏE AÏE... J'AI MAL QUAND JE RIS...
DRRIIINNNGG
?
J'AVAIS OUBLIÉ... JE DOIS ENCORE ME FAIRE ENGUEULER UNE DEUXIÈME FOIS...

DRRINNG
DRRINNG
WOUF
OUAIS, ALLÔ !
SOIT POLIE, UN PEU !
PROTHÈSES EN TOUS GENRES, WINRY ROCKBELL À L'APPAREIL !
HAAA WINRY, C'EST EDWARD !
HA, ED, C'EST RARE QUE TU ME TÉLÉPHONES ...
OUI... EN FAIT... C'EST PAS FACILE À DIRE MAIS... EST-CE QUE TU PEUX VENIR À CENTRAL FAIRE LA MAINTENANCE DE MON AUTO-MAIL ?
VENIR À CENTRAL ?!
OUI... COMMENT DIRE... J'AI UN PEU CASSÉ MON BRAS DROIT ET POUR DIVERSES RAISONS JE NE PEUX PAS ME DÉPLACER À RESEMBOOL
TU CROIS QUE TU PEUX VENIR ?

IL EST CASSÉ COMMENT ?
JE PEUX BOUGER LES DOIGTS MAIS PAS LE BRAS
ON DIRAIT QU'IL EST DÉCROCHÉ AU NIVEAU DE L'ÉPAULE
JE M'EN DOUTAIS... C'ÉTAIT UNE MAUVAISE IDÉE...
QUOI ?!
NON, RIEN DU TOUT !
J'ESPÈRE QUE TU N'AS PAS SOULEVÉ DE CHOSES TROP LOURDES AVEC OU QUE TU L'AS FAIT TOURNER SUR LUI-MÊME DE MANIÈRE INCONSIDÉRÉE
JE ME SUIS JUSTE BATTU SAUVAGEMENT
QUOI ?! ENCORE !!?
JE TE L'AI DÉJÀ DIT, SI TU FAIS DES FOLIES AVEC, C'EST NORMAL QU'IL SE CASSE...

SALE AMBIANCE...
?
ALLÔ ...
WINRY... TU ES LÀ ?
QUOI ?
BON, ON N'Y PEUT RIEN...
TU ES OÙ DANS CENTRAL ?
JE VEUX BIEN VENIR TE LE RÉPARER ...
CRICH
CRICH
DONC OÙ DOIS-JE ALLER ?
TU ES DRÔLEMENT GENTILLE AUJOURD'HUI, C'EST LOUCHE !
JE SUIS UNE CRÈME, TU DEVRAIS LE SAVOIR POURTANT !
JE VAIS TE RAPPELER POUR TE DONNER TOUS LES DÉTAILS
BIEN
MERCI BEAUCOUP

Oh...
CLING
COMMENT VA TA PETITE AMIE ?
QU... QU... QUELLE PETITE AMIE ?!
FLOUTCH
HA ! LA PLAIE S'EST ROUVERTE !!
UNE INFIRMIÈRE, VITE !
OH MON DIEU...
PAC PAC PAC
Je vois la lumière ! Maman, attends-moi !
C'EST JUSTE MA MÉCANICIENNE !
RIEN DE PASSIONNANT...
GLING GLING GLING
hé hé
NON, NON, ÇA M'INTÉRESSE !
TU N'AS PAS DE PETITE AMIE ?
J'EN VEUX PAS !!
GLING
GLING
GLING

BAH MOI, À TON ÂGE...
GLING GLING
HO, VOILÀ AL !
QU'EST-CE QUE TU FAIS, SEUL DANS TON COIN ?
QU... !
HÉ ! TU M'EN-TENDS !
AL !
Hein ?
OH, ED...
POURQUOI TU NE RETOURNES PAS À TA CHAMBRE ?

QUOI ?
FIOU
NON, RIEN...
?
BIEN, JE NE T'ATTENDS PAS ALORS...
JE VAIS Y ALLER...

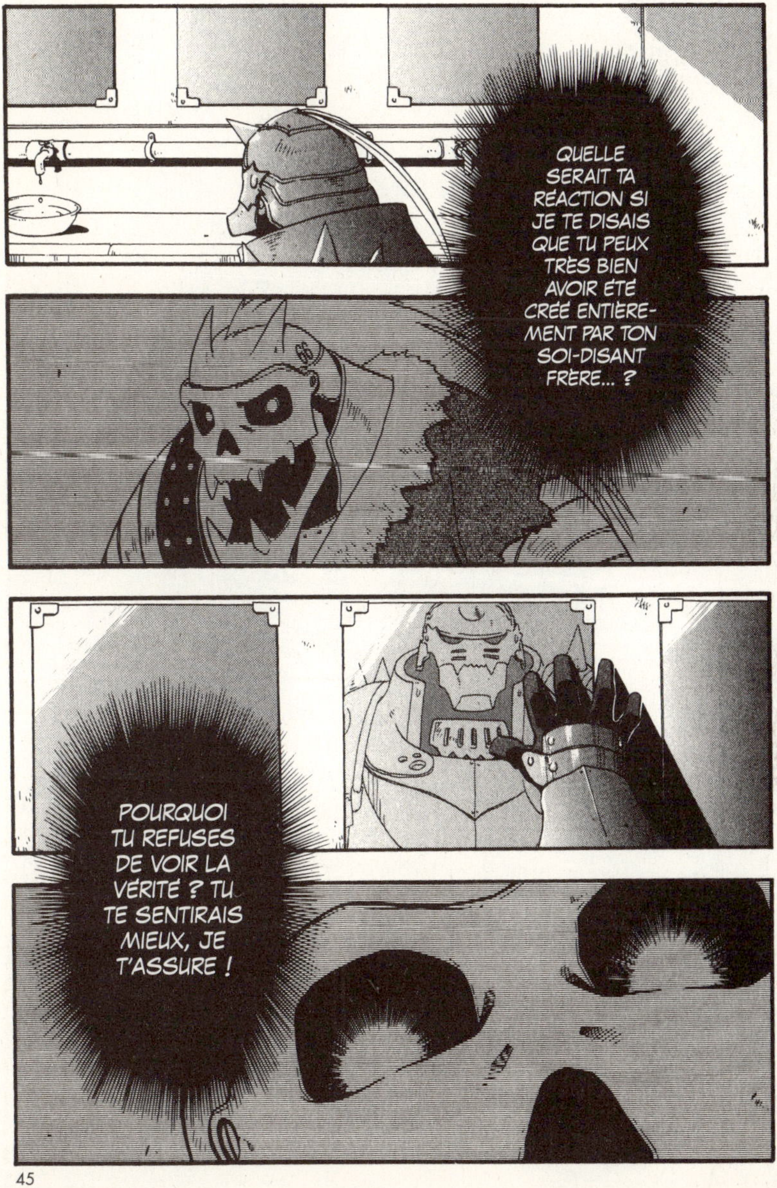
QUELLE SERAIT TA RÉACTION SI JE TE DISAIS QUE TU PEUX TRÈS BIEN AVOIR ÉTÉ CRÉÉ ENTIÈRE-MENT PAR TON SOI-DISANT FRÈRE... ?
POURQUOI TU REFUSES DE VOIR LA VÉRITÉ ? TU TE SENTIRAIS MIEUX, JE T'ASSURE !

CRISH

CHAPITRE 14
POINT DE VUE D'UNE FILLE UNIQUE

TCHOOOVUUV
WA-AHHH!!!
J'AI LE DERRIÈRE EN COMPOTE
JE ME DEMANDE BIEN COMMENT ILS FONT POUR SUPPORTER TOUS CES VOYAGES
WES GATE
WELCOME TO CENTRAL

IL Y A BEAUCOUP DE MONDE ! JE N'EN ATTENDAIS PAS MOINS DE CENTRAL CITY !
BLA
BLA
EDWARD A DIT QUE QUELQU'UN VIENDRAIT M'ATTENDRE À LA SORTIE OUEST ET QUE ÇA SERAIT FACILE DE LE REPÉRER...
HA !
EN EFFET ...
MONSIEUR ARMSTRONG !!
AAHH MADEMOISELLE WINRY !
ENCORE MERCI POUR LA DERNIÈRE FOIS...
NON, NON, C'EST PLUTÔT À MOI DE VOUS REMERCIER DE SURVEILLER CES DEUX ANDOUILLES...

WELCOME TO
WEST GATE
MAIS ATTENDEZ... EDWARD INSISTE POUR QUE JE ME RENDE À CENTRAL ET IL NE VIENT MÊME PAS ME CHERCHER À LA GARE ? GRRR...
CE N'EST PAS DE SA FAUTE
EN FAIT, POUR LE MOMENT, IL NE PEUT PAS BOUGER...
QU'EST-CE QUE VOUS ENTENDEZ PAR « IL NE PEUT PAS BOUGER » ?
JE NE SUIS JAMAIS AU COURANT DE RIEN, MOI...
EH BIEN... COMMENT DIRE... EN FAIT...
IL EST JUSTE INTERNÉ ET...
INTERNÉ ?!
HA ! JE VOIS, IL A ENCORE PÉTÉ LES PLOMBS ET VOUS L'AVEZ CLOÎTRÉ DANS UN ASILE PSY-CHIATRIQUE
PAUVRE GARÇON
COMPRIS
QUOI ?
NON, NON, VOUS VOUS MÉPRENEZ ...
QUOI ?
À L'HÔPITAL ?!

HÉ HÉ
MA PETITE FI-FILLE VA BIENTÔT AVOIR TROIS ANS !
NON MAIS SÉRIEU-SEMENT...
LIEUTENANT-COLONEL HUGHES...
J'ÉTAIS EN PLEINE RÉUNION DE TRAVAIL
HA ! ÇA TOMBE BIEN, MOI AUSSI JE BOSSE COMME UN DINGUE

HÉ HÉ HÉ
JE N'ARRÊTE PAS DE PENSER À MA FILLE... ELLE EST TROP CRAQUANTE !
OUI, MAIS C'EST PAS UNE RAISON POUR M'APPELER À CHAQUE FOIS POUR PARLER DE TA FILLE ! SURTOUT EN UTILISANT UNE LIGNE INTERNE DE L'ARMÉE !!
TU SAIS, MA FEMME AUSSI EST SUPER CRAQUANTE !
ET TU CROIS QUE JE PEUX UTILISER MON ALCHIMIE À TRAVERS CE TÉLÉPHONE POUR TE BRÛLER VIF ?
OH OH J'AI PEUR DU GRAND MÉCHANT FLAME ALCHEMIST
EN PARLANT D'ALCHIMIE, OÙ EN EST L'AFFAIRE SCAR ?
VOUS PENSEZ QUE C'EST LUI ?
J'EN SAIS RIEN, ON DIRAIT UN STEAK TARTARE...
ON NE L'A TOUJOURS PAS IDENTIFIÉ FORMELLEMENT, L'EXPLOSION A FAIT BEAUCOUP DE DÉGÂTS ET IL Y A PLEIN DE MORCEAUX DE CORPS ÉPARPILLÉS...
MAIS AVEC UN PEU DE CHANCE...
ON N'A AUCUN TÉMOIGNAGE DE PERSONNES L'AYANT VU DEPUIS CET ACCIDENT. SELON NOS ANALYSES, IL Y A DE FORTES PROBABILITÉS POUR QU'IL SOIT MORT...
DONC LES FRÈRES ELRIC VONT POUVOIR SE PASSER DE SURVEILLANCE ?
EH BIEN... MAINTENANT QU'ILS SONT À CENTRAL, ÇA NE FAIT PLUS PARTIE DE MES AFFECTATIONS...

À PROPOS D'AFFECTATION...
TU SAIS QUE L'ÉLITE DES ALCHIMISTES D'ÉTAT S'EST FAIT MASSACRER PAR SCAR ?... IL PARAÎT QU'ILS SONT EN MANQUE DE PERSONNEL EN CE MOMENT...
HUUM
ET LA RUMEUR DIT QU'UN CERTAIN COLONEL MUSTANG VIENNE À CENTRAL TRÈS BIENTÔT...
À LA CAPITALE ...
PAS MAL...
ATTENTION QUAND MÊME
TU ES JEUNE ET CETTE PROMOTION VA TE CRÉER UN PAQUET D'ENNEMIS...
ÇA NE ME POSE PAS DE PROBLÈME...

MON SEUL CONSEIL, C'EST DE TE TROUVER UNE PERSONNE DANS TON ENTOURAGE AFIN DE TE SOUTENIR DONC...
...DÉPÊCHE-TOI DE TE MARIER !
CLANG
LA FERME !!!
COLONEL, FAITES ATTENTION AVEC CE TÉLÉPHONE ...
LIEUTENANT-COLONEL HUGHES, VOUS AVEZ ENCORE PARLÉ PENDANT DES HEURES DE VOTRE FILLE ?
COMMENT ? VOUS AUSSI VOUS ÊTES JALOUSE ?

La La La
MA FILLE VA BIENTÔT AVOIR TROIS ANS...
VOUS VOULEZ VOIR MES PHOTOS ?
PAS DU TOUT !
IL FAUDRAIT ARRÊTER D'UTILISER LES LIGNES MILITAIRES POUR DE TELS ENFANTILLAGES...
IL Y A DES GENS QUI PEUVENT VOUS ENTENDRE EN PLUS...
LIEUTENANT-COLONEL HUGHES 13 :20
SI VOS SUPÉRIEURS TOMBENT LÀ-DESSUS, VOUS ALLEZ VOUS RETROUVER AU PLACARD
AUCUN PLACARD NE POURRA EMPÊCHER MON AMOUR DE S'EXPRIMER ! HA HA HA
AH !
J'AI OUBLIÉ DE PARLER DE L'HOSPITALISATION D'EDWARD À ROY...
GRAT GRAT
TANT PIS

C'EST PAS VRAI !!

TU AURAIS PU ME DIRE QUE TU AVAIS ÉTÉ SI GRAVEMENT BLESSÉ, QUAND MÊME !
BLAM
EN FAIT, À LA BASE, MON ÉTAT N'ÉTAIT PAS SI CRITIQUE QUE ÇA, MAIS...
ED !!
COMMENT ?! IL S'EST INTRODUIT DANS LE CINQUIÈME LABORATOIRE ET A ÉTÉ BLESSÉ !? C'EST ÇA ?
OUI ...
PACPACPAC
BLAM
JE ME SUIS FAIT UN SANG D'ENCRE, EDWARD ELRIC !!
CRAC
ARRGH
CRAC
BRAC
BAM
ET VOILÀ...

ENFIN, TU AURAIS PU ME PRÉVENIR ...
MAIS, C'EST PAS MA FAUTE !!
AVEC CE QUI S'EST PASSÉ, JE VAIS DEVOIR RESTER AU LIT ENCORE PLUS LONG-TEMPS...
VOUS MANQUEZ D'ENTRAÎNE-MENT, JEUNE ELRIC
IL N'A PAS VOTRE CARRURE, VOYONS !!
DE TOUTE FAÇON ...
J'ÉTAIS QUAND MÊME BIEN AMOCHÉ
MAIS NE T'INQUIÈTE PAS...
JE SERAI BIENTÔT, DE NOUVEAU, SUR PIED

?
QUOI ENCORE ?
JE ME DEMANDAIS SI TA BLESSURE ÉTAIT DUE À TON AUTO-MAIL...
C'EST PEUT-ÊTRE MA FAUTE, J'AURAIS DÛ FAIRE PLUS ATTENTION À L'ENTRETIEN ...
HUUMMMM
QUOI ?
HEIN ?
HEIN ?
JE DOIS DIRE QUOI ?
JE NE PENSAIS PAS QU'ELLE S'INQUIÉTAIT AUTANT POUR MOI...
C'EST GENTIL DE SA PART...
V...VOYONS, CE N'EST PAS DE TA FAUTE, WINRY !

TON ENTRETIEN ÉTAIT PARFAIT, COMME D'HABITUDE WINRY !
EN FAIT, SI J'AI CASSÉ MON AUTO-MAIL, C'EST QUE JE N'EN AI PAS PRIS SOIN EN ME BATTANT
OH, IL N'A PAS RE-MARQUÉ QU'IL MANQUAIT UN BOULON ALORS...
EN PLUS, COMME MON BRAS ÉTAIT ABÎMÉ ET QUE JE NE POUVAIS PLUS ME BATTRE, J'AI EU LA VIE SAUVE
NE TE FAIS PAS TANT DE MOURON, OK ?
DONC, FINALEMENT IL N'Y A PAS DE PROBLÈME...?
OUI, TU AS RAISON, CE N'EST PAS MA FAUTE ! BON, SI ON PARLAIT ARGENT MAINTENANT, MES HONORAIRES À DOMICILE NE SONT PAS DONNÉS TU SAIS !
CLIC
CLAC
CLAC
ELLE N'EST PAS SI GENTILLE EN FAIT...
POUR CELA, IL VOUS FAUT BIEN VOUS NOURRIR ET PRENDRE SOIN DE VOUS...
JE SAIS !
BIEN ! REPOSEZ-VOUS BIEN, EDWARD ELRIC. J'ESPÈRE QUE VOUS SEREZ BIENTÔT EN MEILLEURE FORME !
C'EST UN PEU VOTRE FAUTE...

L'AUTEUR S'EXCUSE AUPRÈS DE TOUTE L'INDUSTRIE LAITIÈRE POUR DE TELS PROPOS...

SI TU VEUX ÊTRE GUÉRI PLUS VITE, IL VA FALLOIR FAIRE DES EFFORTS DE NUTRITION !
IL Y A PLEIN D'AUTRES TRUCS BONS POUR LA SANTÉ ! TOUT SAUF DU LAIT !
ET TU VAS RESTER PETIT TOUTE TA VIE !!
OH C'EST BON, HEIN !
LE LAIT, C'EST BON POUR TES OS !
M'EN FOUS
...!!
...!
CLAC
?
AL ?

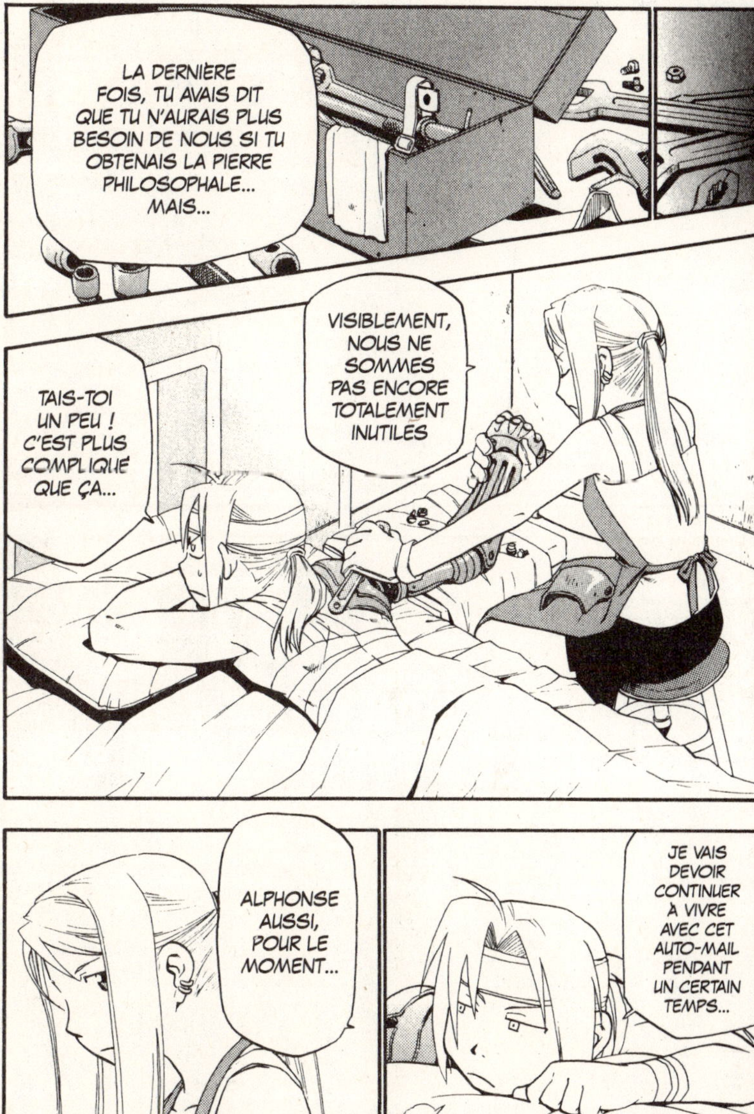
LA DERNIÈRE FOIS, TU AVAIS DIT QUE TU N'AURAIS PLUS BESOIN DE NOUS SI TU OBTENAIS LA PIERRE PHILOSOPHALE... MAIS...
VISIBLEMENT, NOUS NE SOMMES PAS ENCORE TOTALEMENT INUTILES
TAIS-TOI UN PEU ! C'EST PLUS COMPLIQUÉ QUE ÇA...
JE VAIS DEVOIR CONTINUER À VIVRE AVEC CET AUTO-MAIL PENDANT UN CERTAIN TEMPS...
ALPHONSE AUSSI, POUR LE MOMENT...

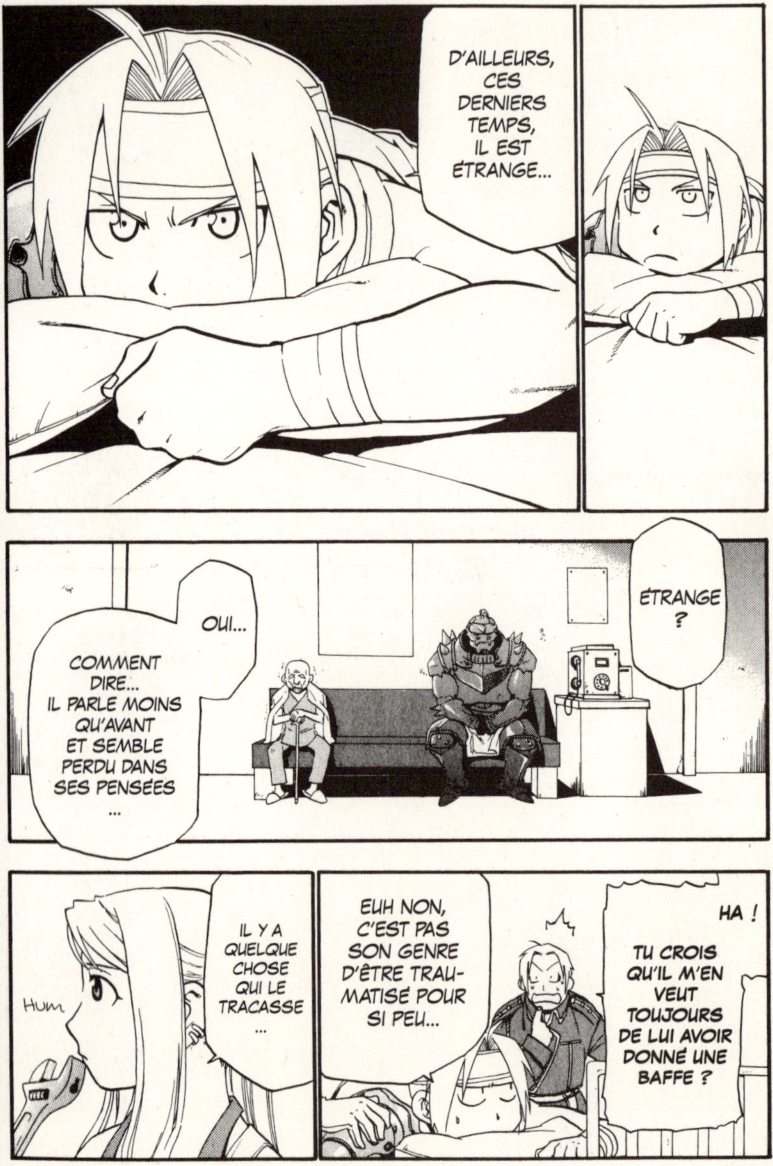
D'AILLEURS, CES DERNIERS TEMPS, IL EST ÉTRANGE...
ÉTRANGE ?
OUI...
COMMENT DIRE... IL PARLE MOINS QU'AVANT ET SEMBLE PERDU DANS SES PENSÉES ...
HA !
TU CROIS QU'IL M'EN VEUT TOUJOURS DE LUI AVOIR DONNÉ UNE BAFFE ?
EUH NON, C'EST PAS SON GENRE D'ÊTRE TRAU-MATISÉ POUR SI PEU...
IL Y A QUELQUE CHOSE QUI LE TRACASSE ...
Hum

AH... TOI NON PLUS TU VOIS PAS CE QUI POURRAIT LE TRAVAILLER AINSI...
ÉVIDEMMENT, C'EST TOI QUI DEVRAIS SAVOIR. TU ES TOUT LE TEMPS AVEC LUI !
JE SUIS CERTAIN DE SAVOIR POURQUOI...
IL A ATTRAPÉ LA MALADIE D'AMOUR ...
ARRÊTE DE PRENDRE TON CAS POUR UNE GÉNÉRALITÉ, OBSÉDÉ...
VOILA, J'AI TERMINÉ !
OBSÉDÉ...
OH !
MERCI BIEN
ET VOILA, C'EST ENFIN RÉPARÉ ! SUPER !
GLING
GLING
GLING
POUR LE RESTE, PRENDS BIEN SOIN DE TOI, D'ACCORD ?
OUI OUI !

TADADADA
SALUT ED !
J'AI ENTENDU DIRE QUE TU AVAIS AMENÉ UNE FILLE DANS TA CHAMBRE, PETIT PERVERS...
pff
PSSSHIII
ATTENDEZ ! C'EST JUSTE MA MÉCANICIENNE !
HA JE VOIS, ET TU L'AS SÉDUITE ALORS QU'ELLE RÉPARAIT TON AUTO-MAIL...
BIEN JOUÉ, GAMIN
HEU...
N'EN JETEZ PLUS !
AARGGH
ATTENTION, TA BLESSURE VA SE ROUVRIR

MAES HUGHES, ENCHANTÉ !
JE M'APPELLE WINRY ROCKBELL
HA
WINRY ...
CE TYPE C'EST LE LIEUTENANT-COLONEL HUGHES...
ET VOUS N'ÊTES PAS CENSÉ ÊTRE EN TRAIN DE TRAVAILLER À CETTE HEURE ?
HÉ HÉ, JE NE BOSSE PAS CET APRÈS-MIDI
HEIN ?!
JE PENSAIS QUE VOUS AVIEZ TROP DE TRAVAIL AVEC TOUT CE QUI S'EST PASSÉ ET QUE VOUS NE POUVIEZ PAS PRENDRE DE JOURS DE REPOS...
PAS DE PRO-BLÈME !!
C'EST SCIESZKA QUI S'OCCUPE DE TOUT...
VOUS ÊTES DIABOLIQUE ...
DONC, JE VOULAIS VOIR SI TU ALLAIS BIEN, SANS COMPTER QUE...
...J'AI DE NOUVELLES INFOS À PROPOS DE SCAR...

TA PROTECTION RAPPROCHÉE VA BIENTÔT ÊTRE LEVÉE
C'EST VRAI ?
DONC, JE NE VAIS PLUS AVOIR CES DEUX-LÀ SUR LE DOS ?
C'EST PAS SYMPA ...
SI ON AVAIT PAS ÉTÉ LÀ, JE ME DEMANDE DANS QUEL ÉTAT TU SERAIS EN CE MO-MENT
EH ?
DES GARDES DU CORPS ? QU'EST-CE QUE TU AS ENCORE FAIT ?
GLUPS
NON... MAIS... TU NE DEVRAIS PAS T'EN FAIRE...
C'EST PAS GRAND-CHOSE EN FAIT...
MUF
JE VOIS ...
DE TOUTE FAÇON, À CHAQUE FOIS QUE JE DEMANDE QUELQUE CHOSE, VOUS NE ME DITES PAS LA VÉRITÉ...

EH BIEN, À DEMAIN
JE VAIS CHERCHER UN HÔTEL POUR CE SOIR
TU PEUX ALLER À LA CASERNE, JE SUIS CERTAIN QUE TU AURAS UN PRIX SI TU DIS QUE TU VIENS DE MA PART...
QUOI ? ÇA NE ME DIT PAS TROP DE DORMIR DANS UN HÔTEL DE L'ARMÉE...
J'AI UNE IDÉE ! TU N'AS QU'À VENIR DORMIR À LA MAISON !!
MAIS ON NE SE CONNAÎT PAS DEPUIS TRÈS LONG-TEMPS... JE NE VEUX PAS DÉRANGER...
NE T'INQUIÈTE PAS ! MA FEMME ET MA FILLE SERONT TRÈS CONTENTES !
C'EST DÉCIDÉ, ALLONS-Y
HEIN ? AHH...
ATTENDEZ !
HA HA HA HA
SCRITCH
SCRITCH
SCRITCH
ENCORE UN KIDNAPPING...

HEU ...
CITY
TABAC
MON-SIEUR HUGHES ...
QUOI ?
C'EST POUR QUOI, TOUT ÇA ?
HA HA HA ! TRÈS BONNE QUESTION !!
AUJOURD'HUI, C'EST L'ANNIVERSAIRE DE MA FILLE. ELLE A TROIS ANS !

OH SUPER, C'EST PAPA !
ET IL NOUS RAMÈNE UNE BIEN MIGNONNE INVITÉE
TU M'AS TELLEMENT MANQUÉ, MA PETITE ELYSIA
PAT PAT
PAT
PAPA, TU PIQUES !
JE T'AI DÉJÀ PARLÉ DES FRÈRES ELRIC, NON ?
OUI, OUI !
VOICI LEUR AMIE D'ENFANCE, WINRY
ELLE CHERCHAIT UN ENDROIT OÙ DORMIR ALORS JE L'AI AMENÉE ICI
VOICI MA FEMME GRACIA ET MA FILLE ELYSIA
DÉSOLÉE DE VOUS EMBÊTER...
NON, NON. FAITES COMME CHEZ VOUS
ELYSIA, TU AS QUEL ÂGE ?
DE... EUH...

TROUA-ZAN !
ELLE EST TROP CHOUPIII ♡
Chou
Chou
Papa gâteau...
VOUS ÊTES CERTAINS QUE ÇA NE VOUS DÉRANGE PAS ? EN PLUS C'EST L'ANNIVERSAIRE DE VOTRE FILLE...
ALLONS, PLUS ON EST DE FOUS, PLUS ON RIT !
BIENVENUE CHEZ LES HUGHES

ELYSIA !
BON ANNIVER-SAIRE !
HA HA HA HA HA HA
PFFFIOU

PAPA !
MADAME SOURIS NE BOUGE PLUS !
QUOI ? ELLE EST DÉJA CASSÉE ?
ELYSIA, TU PEUX ME MONTRER MADAME SOURIS
HA, JE VOIS. LES ENGRE-NAGES SONT SORTIS DE LEUR AXE
DONC, EN RÉGLANT LÀ... ET LÀ...
VOILA
BZZZ
WAAAHH

WAAH
WINRY, TU ES DOCTEUR DES JOUETS ?
C'EST PAS TOUT À FAIT ÇA, MAIS BON...
SUPER !!
OH, QUELLE HABILETÉ !
BZZZ
DONC, TU T'OCCUPES DE L'ENTRETIEN D'EDWARD ?
OUI, ON SE CONNAÎT DEPUIS LONGTEMPS. ON EST NÉS DANS LE MÊME VILLAGE ET NOS MAISONS ÉTAIENT PROCHES
ON A JOUÉ ENSEMBLE TOUTE NOTRE ENFANCE, C'EST UN PEU COMME MES FRÈRES
HA HA HA
ÇA NE DOIT PAS ÊTRE FACILE, VU SON CARACTÈRE !!
C'EST QUE JE ME FAIS BEAUCOUP DE SOUCIS...
SURTOUT QUAND IL REVIENT ALORS QUE SON BRAS EST TOTALEMENT DÉTRUIT...

C'EST PAREIL ICI, J'AI JUSTE REÇU UN COUP DE TÉLÉPHONE ET JE LE RETROUVE CLOUÉ AU LIT À L'HÔPITAL...
EN PLUS, ALPHONSE N'A PAS L'AIR D'ÊTRE EN FORME ...
ET PUIS SON AUTO-MAIL ...
JE LUI AI REMPLACÉ IL Y A À PEINE UN MOIS DE ÇA... ELLE EST DÉJÀ TOUT ESQUINTÉE...
SON CORPS AUSSI EST CRIBLÉ DE CICATRICES ...
JE ME DEMANDE VRAIMENT QUEL GENRE D'EXISTENCE ILS MÈNENT CES DEUX-LÀ...
MAIS ILS NE ME RACONTENT JAMAIS RIEN DE LEUR VIE
QUAND ILS SONT PARTIS POUR CHERCHER LEURS CORPS D'ORIGINE, ILS NE M'ONT PAS DEMANDÉ MON AVIS...
SI ON ÉTAIT UNE VRAIE FAMILLE...
J'ESPÈRE QU'ILS NE SE SERAIENT PAS COMPORTÉS COMME ÇA...

ILS NE T'ONT PAS DEMANDÉ TON AVIS PARCE QU'ILS N'EN AVAIENT PAS BESOIN ...
ILS PENSAIENT CERTAINEMENT QUE TU COMPRENDRAIS...
C'EST COMME ÇA...
LES HOMMES SONT COMME ÇA... ON PRÉFÈRE L'ACTION À LA DISCUSSION
OUI, MAIS S'ILS NE DISENT RIEN... COMMENT VOULEZ-VOUS QUE JE COMPRENNE ?
ON N'A PAS TROP ENVIE DE PARTAGER SES PROBLÈMES AVEC LES AUTRES
SURTOUT QUAND ON NE VEUT PAS INQUIÉTER SON ENTOURAGE ...
DONC... ON NE DIT RIEN...

UN JOUR ILS TE MONTRERONT PEUT-ÊTRE LEURS FAIBLESSES ...
ET ÇA SERA À TOI DE LES ACCEPTER TELS QU'ILS SONT...
C'EST PAS SI MAL, NON ?
ELYSIA !!
ON VA JOUER !!
EH, ELYSIA VA JOUER AVEC MOI, PAS AVEC TOI !
NON, AVEC MOI !!
HA HA, ELYSIA A L'AIR D'AVOIR LA CÔTE AUPRÈS DES GARÇONS ...
GRRR
CLIC
HEY, VOUS DEUX...
SI VOUS TOUCHEZ À UN SEUL CHEVEU DE MA FILLE... JE VOUS PROMETS QUE VOUS NE RENTREREZ PAS CHEZ VOUS INDEMNES...
VOUS EN FAITES UN PEU TROP LÀ, MONSIEUR HUGHES

MERCI POUR VOTRE ACCUEIL !
TU ES CERTAINE QUE TU NE VEUX PAS RESTER ? TU NE NOUS DÉRANGES ABSOLUMENT PAS...
NON, C'EST TRÈS GENTIL. MAIS JE NE VEUX PAS ABUSER DE VOTRE GENTILLESSE, JE VAIS CHERCHER UN HÔTEL
CRIP
SERRE
ELYSIA !!
SERRE
ELLE A L'AIR DE S'ÊTRE ATTACHÉE À ELLE...
ON DIRAIT DEUX SŒURS !
ha ha ha

HEIN ...
BON VOYAGE, WINRY !!
REVIENS BIENTÔT, S'IL TE PLAÎT !
TU SAIS OÙ ALLER SI TU NE TROUVES PAS D'HÔTEL...
HÉ, HÉ !
JE SUIS CONTENTE ! C'EST COMME SI J'AVAIS UNE PETITE SŒUR !

GNNNN
T'ES ENCORE LÀ, SATANÉE BOUTEILLE DE LAIT ?
CLING
CLING
LAIT
QU'EST-CE QU'ILS ONT TOUS AVEC LE LAIT...
JAMAIS DE LA VIE, JE BOIRAI UN TRUC PAREIL !
AL, TU VEUX PAS M'EN BOIRE UN PEU... ALLEZ...
PFFF J'OUBLIAIS, TU PEUX PAS, VU TON ÉTAT...
TOI, TU AS LA CHANCE D'AVOIR TON VÉRITABLE CORPS, ALORS TU DEVRAIS BOIRE

J'AIME PAS ÇA, C'EST TOUT !
C'EST PAS COMME SI J'ALLAIS MOURIR DE NE PAS BOIRE DE LAIT !
LES AUTRES NE S'EN RENDENT PAS COMPTE, MAIS JE GRANDIS...
BONJOUR
ILS N'ARRÊTENT PAS DE DIRE QUE JE SUIS PETIT... BON SANG !
C'EST TOI QUI A DE LA CHANCE, ALPHONSE
TOI, AU MOINS, TU ES GRAND !
CLANG

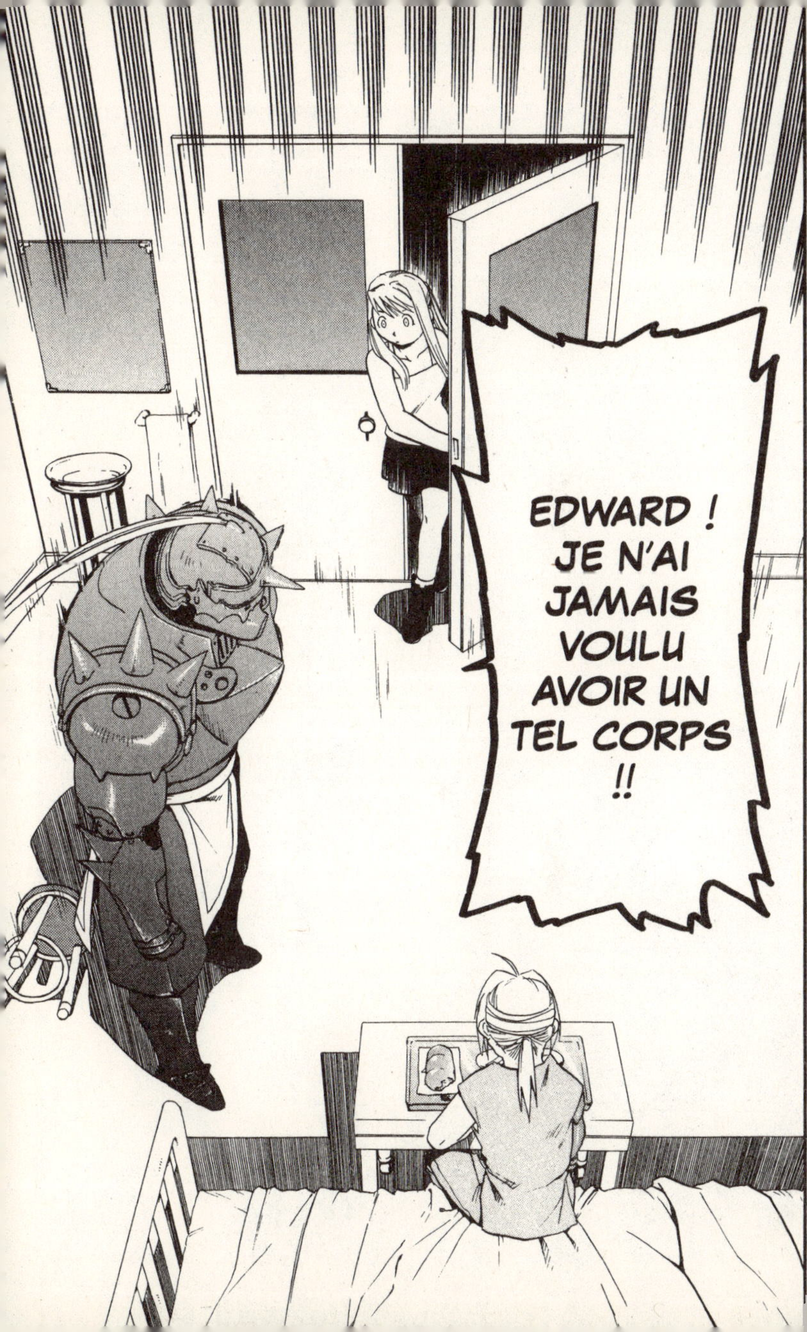
EDWARD ! JE N'AI JAMAIS VOULU AVOIR UN TEL CORPS !!

CHAPITRE 15
UN CŒUR DE MÉTAL

FULLMETAL
ALCHEMIST

JE N'AI... JAMAIS ...
... VOULU AVOIR UN TEL CORPS
HEU...
JE SUIS DÉSOLÉ ...

TU AS RAISON, C'EST DE MA FAUTE ...
C'EST POUR ÇA QUE JE SOUHAITE DE TOUT MON CŒUR TE FAIRE RÉCUPÉRER TON CORPS LE PLUS VITE POSSIBLE
TU ES CERTAIN QUE JE VAIS POUVOIR RÉCUPÉRER MON CORPS ?
CROIS-MOI ! JE FERAI TOUT POUR QUE TU LE RETROUVES !
TE CROIRE ?
COMMENT EST-CE QUE JE PEUX TE CROIRE ALORS QU'IL NE ME RESTE QUE CETTE ARMURE CREUSE ?!
EN ALCHIMIE, ON CONSIDÈRE QU'UN HUMAIN EST COMPOSÉ DE TROIS ÉLÉMENTS : SON ESPRIT, SON ÂME ET SON CORPS...
?
?
QUELQU'UN A-T-IL PU LE PROUVER ?

DE PLUS, LA MÉMOIRE N'EST QU'UN ASSEMBLAGE COMPLEXE D'INFORMATIONS
IL EST TOUT À FAIT POSSIBLE DE LES MANIPULER AFIN DE CRÉER DES SOUVENIRS ARTIFICIELLE-MENT
DE QUOI TU PARLES ?
TU M'AS DIT QUE TU VOU-LAIS ME PARLER DE QUELQUE CHOSE MAIS QUE TU AVAIS TROP PEUR POUR LE FAIRE...
!
EST-CE QUE C'ÉTAIT POUR ME DIRE QUE MON ÂME, MES SOUVENIRS ET TOUT LE RESTE AVAIENT ÉTÉ CRÉÉS PAR TOI ?!
EDWARD ! OÙ EST LA PREUVE QU'ALPHONSE ELRIC A BIEN ÉTÉ HUMAIN UN JOUR ?
OUI... C'EST TOUT À FAIT POSSIBLE QUE WINRY, MAMIE PINAKO, ET TOUT LE MONDE M'AIENT MENTI !
ALORS, EDWARD ?!

BLAM
gling
gling
ÇA A DÛ ÊTRE DUR...
DE GARDER ÇA POUR TOI PENDANT SI LONG-TEMPS...
C'EST TOUT CE QUE TU VOULAIS ME DIRE ?

JE VOIS...
ED, REVIENS !!
QUANT À TOI, AL !

CLANG
ESPÈCE D'IMBÉCILE !!
MAIS POURQUOI TU M'AS FRAPPÉ ?!
DWOO
DWOO
DWOO
Pfff
Pfff
Pfff
SNIRF
SNIRF

BLAM
aïe
GROS ABRUTI !!
HO ?
WINRY... QUE... QUOI ...
TU NE SAIS PAS CE QUE RESSENT EDWARD !
CE QU'IL VOULAIT TE DEMANDER, C'EST...
SI TU LUI EN VOULAIS POUR CE QU'IL A DÛ FAIRE AFIN DE TE SAUVER !!

C'EST MA FAUTE SI ALPHONSE SE RETROUVE AVEC UN CORPS PAREIL
IL NE PEUT NI DORMIR, NI MANGER, NI RESSENTIR LA DOULEUR...
PFF
PFF
PFF
JE SUIS CERTAIN QU'IL VA M'EN VOULOIR
PFF
PFF
C'EST PAS VRAI !
ALPHONSE N'EST PLUS UN ENFANT, IL COM-PRENDRA
SI TU AS UN DOUTE, TU PEUX LUI POSER LA QUESTION ...
J'AI PEUR...
...
J'AI PEUR DE LUI DEMANDER
DONC, IL FAUT QUE JE LUI RENDE SON CORPS D'ORIGINE LE PLUS VITE POSSIBLE
C'ÉTAIT JUSTE APRÈS QU'ON LUI AIT INSTALLÉ SON AUTO-MAIL. LA DOULEUR AVAIT FAIT MONTER SA FIÈVRE ET IL ÉTAIT TOURMENTÉ PAR CES PENSÉES...

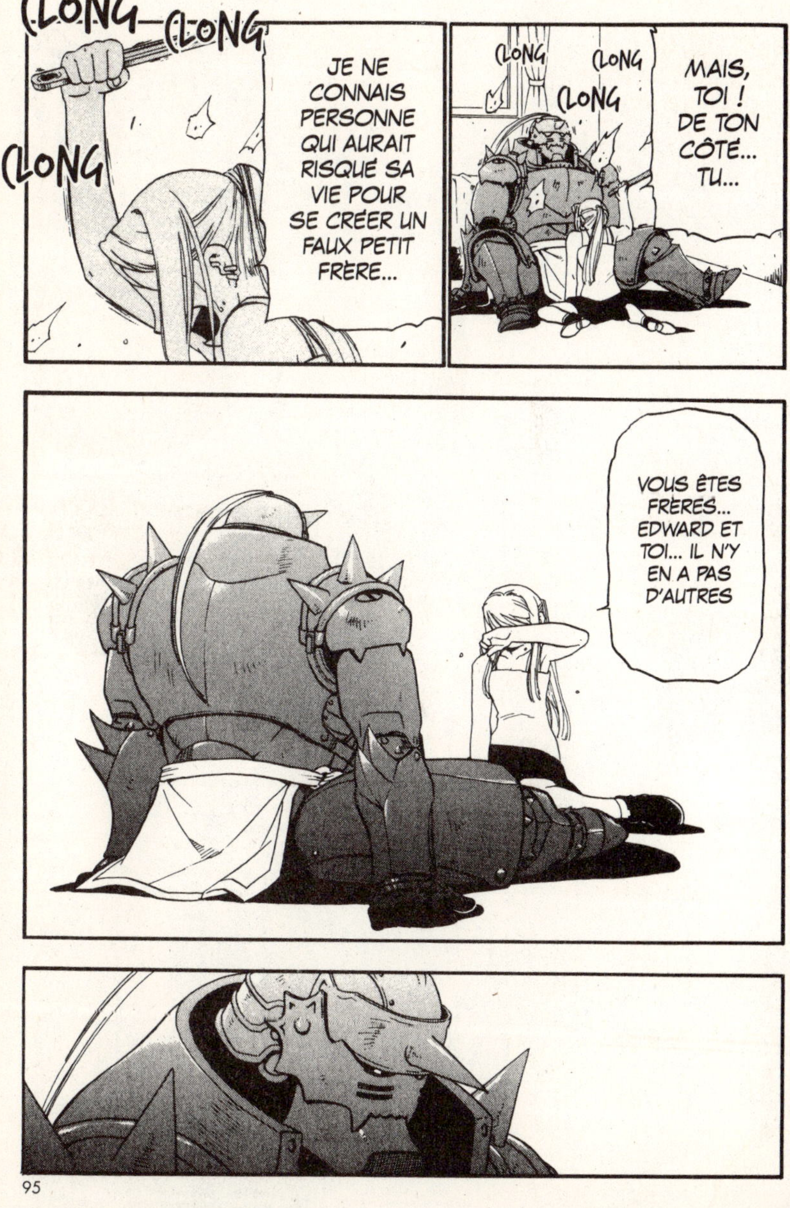
CLONG CLONG
CLONG
JE NE CONNAIS PERSONNE QUI AURAIT RISQUÉ SA VIE POUR SE CRÉER UN FAUX PETIT FRÈRE...
CLONG
CLONG
CLONG
MAIS, TOI ! DE TON CÔTÉ... TU...
VOUS ÊTES FRÈRES... EDWARD ET TOI... IL N'Y EN A PAS D'AUTRES

!?
FROUSH
AH ...
OUI...
VA LE REJOINDRE !!
ET MAGNE-TOI !
OK !!
FIOU

gling
...
ED... JE...
QUOI QU'IL EN SOIT !
ÇA FAIT LONGTEMPS QU'ON NE S'EST PAS ENTRAÎNÉS ! MON CORPS COMMENCE À ROUILLER...
HEIN ?
ÇA NE VA PAS ? TU N'ES PAS EN ÉTAT DE TE BATTRE

KICK
WAAH !!!
ATT ...
ATTENDS !!!
BLING
BLING
ATTENDS EDWARD !!
BLAM
BLING

TA BLESSURE VA SE ROUVRIR
FLOUCH
QU...?
BAM
CRACK
BADABOUM
Aïe

J'AI GAGNÉ !!
C'EST LA PREMIÈRE FOIS QUE JE GAGNE CONTRE TOI !
C'EST PAS JUSTE ...
TAIS-TOI ! UNE VICTOIRE, C'EST UNE VICTOIRE !!
ON S'EST SOUVENT BATTUS DEPUIS QU'ON EST PETITS...
OUI
TOUJOURS POUR DES BÊTISES, C'ÉTAIT VRAIMENT STUPIDE...
PAR EXEMPLE POUR SAVOIR QUI ALLAIT DORMIR DANS LE LIT DU DESSUS...
HA ! CETTE FOIS-LÀ, J'AI PERDU

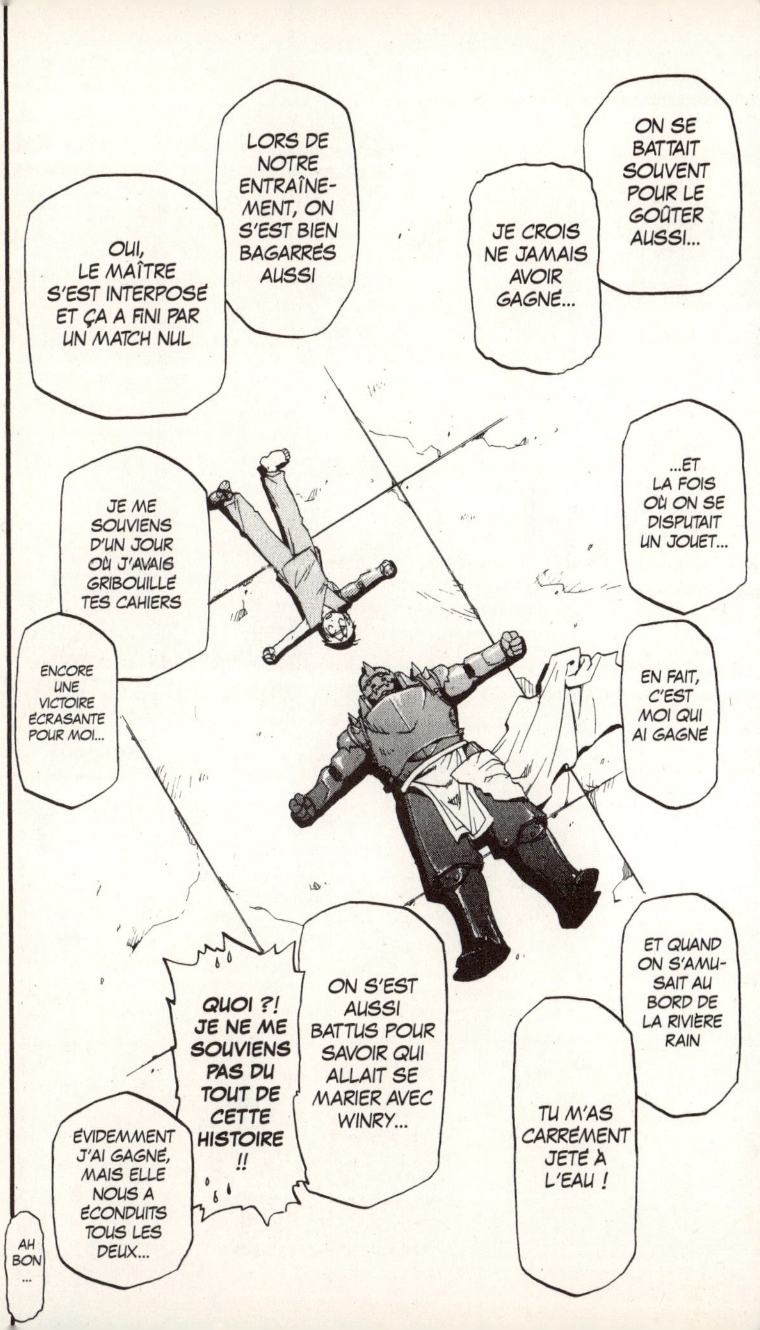
ON SE BATTAIT SOUVENT POUR LE GOÛTER AUSSI...
JE CROIS NE JAMAIS AVOIR GAGNÉ...
LORS DE NOTRE ENTRAÎNEMENT, ON S'EST BIEN BAGARRÉS AUSSI
OUI, LE MAÎTRE S'EST INTERPOSÉ ET ÇA A FINI PAR UN MATCH NUL
...ET LA FOIS OÙ ON SE DISPUTAIT UN JOUET...
EN FAIT, C'EST MOI QUI AI GAGNÉ
JE ME SOUVIENS D'UN JOUR OÙ J'AVAIS GRIBOUILLÉ TES CAHIERS
ENCORE UNE VICTOIRE ÉCRASANTE POUR MOI...
ET QUAND ON S'AMUSAIT AU BORD DE LA RIVIÈRE RAIN
TU M'AS CARRÉMENT JETÉ À L'EAU !
ON S'EST AUSSI BATTUS POUR SAVOIR QUI ALLAIT SE MARIER AVEC WINRY...
QUOI ?! JE NE ME SOUVIENS PAS DU TOUT DE CETTE HISTOIRE !!
ÉVIDEMMENT J'AI GAGNÉ, MAIS ELLE NOUS A ÉCONDUITS TOUS LES DEUX...
AH BON ...

TU PENSES TOUJOURS QUE CE SONT DES SOUVENIRS FICTIFS ?
PARDON ...
QUAND NOUS ÉTIONS À EAST CITY
TU AS DIT « JE RETROUVERAI MON CORPS D'ORIGINE, PEU IMPORTE LE PRIX À PAYER »
TU PENSES AUSSI QUE C'ÉTAIT UNE MANIPULATION DE MA PART ?
NON, ÇA NE L'ÉTAIT PAS...
ÉVIDEMMENT ! ON VA RETROUVER NOS CORPS TOUS LES DEUX, COÛTE QUE COÛTE
NOTRE DÉTERMINATION NE DEVRAIT PAS ÊTRE ÉBRANLÉE POUR SI PEU !
JE...
IL FAUT QUE MON CORPS ET MON ESPRIT DEVIENNENT PLUS FORTS !
J'IRAI JUSQU'À BOIRE DU LAIT...
ha ha

OUI !
CLING
ON VA DEVENIR PLUS FORTS !
MONSIEUR HUGHES ...
IL Y A DES CHOSES QUI MÉRITENT D'ÊTRE DITES... PARFOIS...
OUI, C'EST VRAI...
JE TE L'AVAIS DIT...
AÏE !

DONC ...
J'AI PERDU CONSCIENCE APRÈS QUE CE TYPE M'AI FRAPPÉ...
DES GARDES QUI N'ONT PAS DE CORPS... UN ÉLÉMENT NÉCESSAIRE AU SACRIFICE... ILS ONT ÉPARGNÉ EDWARD... UN CERTAIN ENVY...
SELON LES NOTES DU DOCTEUR MARCOH, LA PIERRE A ÉTÉ UTILISÉE LORS DE LA GUERRE CIVILE À L'EST
UN TATOUAGE REPRÉSENTANT UROBOROS
ET LE CERCLE DE TRANSMUTATION DE LA PIERRE...
IL Y A TROP DE ZONES D'OMBRE POUR QUE CE SOIT JUSTE UN CENTRE DE RECHERCHE...
J'AURAIS BIEN AIMÉ AVOIR PLUS D'INFORMATIONS, MAIS LE LABORATOIRE N'EST PLUS QU'UN TAS DE CENDRES...
HUUU
MMMM
MMMM

MMMUUH
LEUR DISCUSSION M'A L'AIR BIEN COMPLIQUÉE, JE NE COMPRENDS RIEN...
JE PRÉFÈRE NE PAS ÉCOUTER, JE N'AI PAS ENVIE DE MOURIR PARCE QUE J'EN SAVAIS TROP...
EXCUSEZ-MOI, JE CHERCHE LA CHAMBRE DU JEUNE FULLMETAL ALCHEMIST
PAC PAC
OUI, C'EST ICI...
HUM
JE VAIS FAIRE UNE RECHERCHE DANS NOTRE LISTE DE CRIMINELS, ON NE SAIT JAMAIS
TOC TOC
QUANT À MOI, JE VAIS ESSAYER DE RETROUVER LES PERSONNES QUI ONT TRAVAILLÉ AVEC MONSIEUR MARCOH

JE VOUS PRIE DE M'EXCUSER DE VOUS DÉRAN-GER...
PRÉSIDENT KING BRADLEY !!
JE VOUS EN PRIE...
OUBLIONS UN PEU LE PROTO-COLE
HA !
VOTRE EXCELLENCE, POURQUOI ÊTES-VOUS DANS UN TEL ENDROIT ?

POURQUOI PAS ? JE VIENS RENDRE VISITE...
J'ESPÈRE QUE TU AIMES LE MELON
HA... MERCI
C'EST POSSIBLE UN TRUC PAREIL ?!
COMMANDANT ARMSTRONG, VOUS AVEZ EFFECTUÉ DES RECHERCHES SUR DES HAUT GRADÉS, N'EST-CE PAS ?
HA ?! EN FAIT... POUR TOUT VOUS DIRE...
COMMENT SAVEZ-VOUS ÇA ?
NE SOUS-ESTIMEZ PAS MES SOURCES D'INFORMATION
ET TOI, EDWARD ELRIC...
ET ALORS, TU AS APPRIS DES CHOSES ?
C'EST LA PIERRE PHILOSOPHALE QUI T'INTÉRESSE, N'EST-CE PAS ?
J'ESPÈRE POUR TOI QUE TU N'EN SAIS PAS TROP...

HE
HE
HA HA HA
HA HA HA
JE RIGOLE !
MWA
HA
HA
HA
HA
HA
VOUS NE DEVRIEZ PAS ÊTRE SUR LES NERFS COMME ÇA !
HEIN ?
JE SAIS QUE L'ARMÉE CONTIENT QUELQUES ÉLÉMENTS SUBVERSIFS EN SON SEIN
JE VOULAIS JUSTE ME TENIR AU COURANT

OH MAIS C'EST LA LISTE DES PERSONNES AYANT PARTICIPÉ AUX RECHERCHES SUR LA PIERRE PHILOSOPHALE ! BIEN JOUÉ !
HA, ÇA, C'EST ...
MAIS ...
MAIS ILS SONT TOUS PORTÉS DISPARUS...
MÊME EN UTILISANT TOUS MES RÉSEAUX DE RENSEIGNEMENT, JE N'ARRIVE PAS À EN SAVOIR PLUS SUR CETTE ORGANISATION ENNEMIE, QUE CE SOIT LEUR BUT, LEUR TAILLE OU LEURS AGISSEMENTS...
NOTRE ENNEMI A TOUJOURS UN COUP D'AVANCE SUR NOUS
!!
QUELQUES JOURS AVANT LA DESTRUCTION DU CINQUIÈME LABORATOIRE

EN RESUME, VOUS VOULEZ DIRE QUE C'EST DANGEREUX POUR NOUS D'ENQUÊTER SUR LE SUJET...?
OUI
LIEUTE-NANT-COLONEL HUGHES
COM-MANDANT ARMS-TRONG
ET VOUS AUSSI, LES FRÈRES ELRIC
JE SAIS QUE VOUS ÊTES D'UNE DROITURE SANS ÉGALE MAIS...
ÉCOUTEZ BIEN L'ORDRE QUE JE VAIS VOUS DONNER
...
JE NE VOUS PERMETS PAS DE METTRE EN JEU VOTRE VIE POUR DE TELLES CHOSES ET DÉFENSE D'EN PARLER AUTOUR DE VOUS. EST-CE BIEN COMPRIS ?!
NE FAITES CONFIANCE À PERSONNE, ON NE SAIT PAS OÙ L'ENNEMI PEUT SE CACHER !

PARTEZ DU PRINCIPE QUE TOUT LE MONDE PEUT ÊTRE SUSPECT...
CEPEN-DANT !
JE SAIS QU'UNE FOIS CETTE AFFAIRE TIRÉE AU CLAIR, VOUS CONTINUEREZ À FAIRE DU BON TRAVAIL
HÉ HÉ
OU... OUI !!
CLAC
MONSIEUR LE PRÉSI-DENT !
OÙ ÊTES-VOUS, EXCEL-LENCE !?
HA ! MES SUBORDON-NÉS M'ONT RETROUVÉ, JE DOIS Y ALLER !
JE SUIS VENU EN CACHETTE ALORS QUE J'AI UNE TONNE DE BOULOT...
hop
J'Y RETOURNE !!

JE PENSE QU'ON SE REVERRA !
AU REVOIR
TAP TAP TAP
WAHAHAHAHAHAHAHA
HEIN ?!
OH ?
QU'EST-CE QUE VOUS AVEZ, TOUS ?
LES DEUX PERSONNES DEHORS SONT AUSSI EN ÉTAT DE CHOC...
SI JE M'ATTENDAIS À ÇA !!
NON... RIEN... LA TEMPÊTE EST PASSÉE...
DE QUOI TU PARLES ?
J'AI ACHETÉ LES TICKETS DE TRAIN COMME TU ME L'AS DEMANDÉ
SUPER, MERCI !

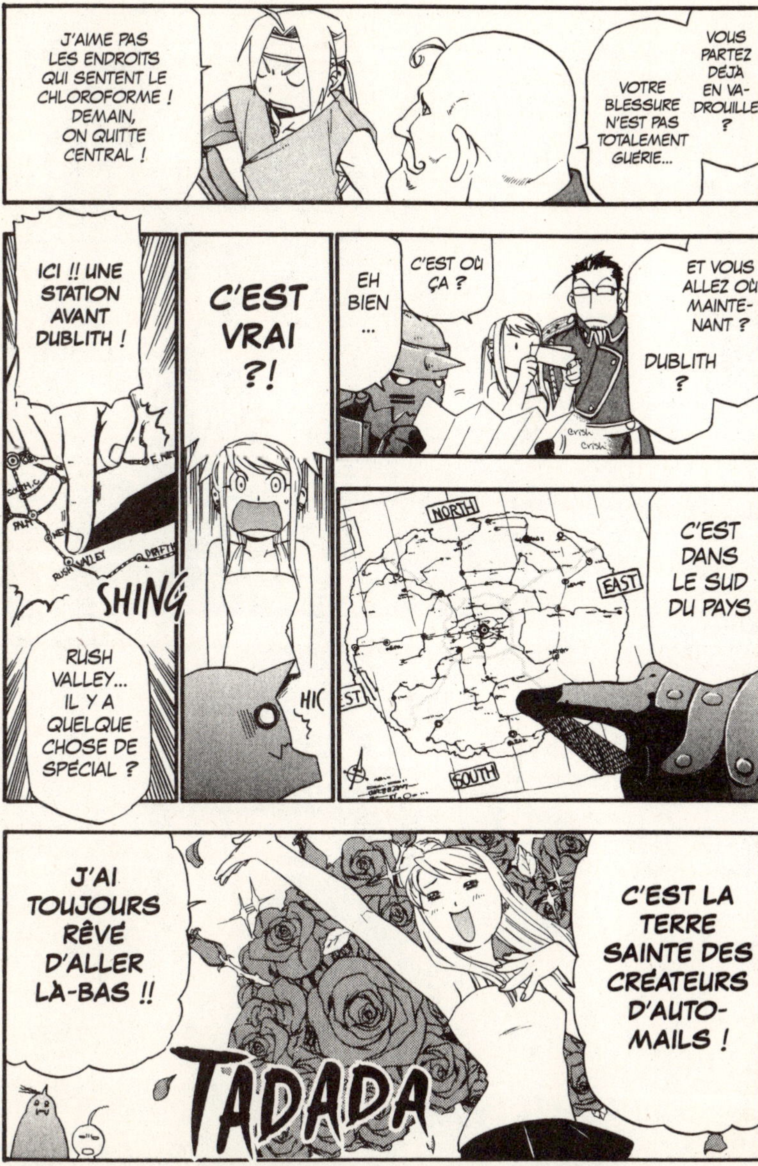
VOUS PARTEZ DÉJÀ EN VADROUILLE ?
VOTRE BLESSURE N'EST PAS TOTALEMENT GUÉRIE...
J'AIME PAS LES ENDROITS QUI SENTENT LE CHLOROFORME ! DEMAIN, ON QUITTE CENTRAL !
ET VOUS ALLEZ OÙ MAINTENANT ?
DUBLITH ?
C'EST OÙ ÇA ?
EH BIEN ...
crish crish
NORTH
EAST
SOUTH
C'EST DANS LE SUD DU PAYS
C'EST VRAI ?!
HIC
ICI !! UNE STATION AVANT DUBLITH !
RUSH VALLEY
SHING
RUSH VALLEY... IL Y A QUELQUE CHOSE DE SPÉCIAL ?
C'EST LA TERRE SAINTE DES CRÉATEURS D'AUTO-MAILS !
J'AI TOUJOURS RÊVÉ D'ALLER LÀ-BAS !!
TADADA

EMMENEZ-MOI ! EMMENEZ-MOI ! EMMENEZ-MOI ! TU VAS M'EMMENER OUI !!
HUM
TU PEUX Y ALLER TOUTE SEULE, NON ?
ET QUI PAYERAIT MON BILLET DE TRAIN ?
ATTENDS, EN PLUS C'EST MOI QUI TE PAYE LE VOYAGE ?!!
POURQUOI NE PAS L'EM-MENER, C'EST UNE BONNE OCCASION
SI VOUS ÊTES TOUS CONTRE MOI...
SUPER !! ♡
JE PENSAIS RENTRER À RESEMBOOL RAPIDEMENT MAIS J'AI CHANGÉ D'AVIS
JE VAIS PASSER UN COUP DE FIL À GRAND-MÈRE
YAHOO !!
LA LA LA LA LA
ELLE A L'AIR EN FORME ...
JE SUIS CERTAIN QU'ELLE FERA UNE BONNE ÉPOUSE...
MAIS PAS AUSSI BONNE QUE MA FEMME...
HA HA HA
POURQUOI VOUS ME DITES ÇA À MOI ?!
ET ARRÊTEZ DE VOUS VANTER EN DOUCE !!

POURQUOI VOUS VOULEZ ALLER À DUBLITH ?
HUM ...
ON EN A PAS MAL DISCUTÉ AVEC EDWARD, ET ON A DÉCIDÉ DE RETOURNER VOIR NOTRE MAÎTRE
HA ...
JE SUIS CERTAIN QU'ON VA SE FAIRE TUER...
TUER ...?
IL Y A UN PROBLÈME AVEC VOTRE MAÎTRE ?
J'AI PEUR, EDWARD !!
OUIN
COURAGE, Ô MON FRÈRE !
...

DES ÉMEUTES À LIOR ?
OUI, C'EST UN NOUVEAU CULTE RELIGIEUX, APPELÉ LÉTOÏSME, QUI MANIPULE SES FIDÈLES ...
MAIS ÇA A L'AIR DE SE CALMER UN PEU
HA, C'EST VRAI
SELON CET ARTICLE, IL Y A BEAUCOUP DE VICTIMES...
EAST AREA NEWS
EAST CITY
ENTRE LES ISHBALS ET LES ÉMEUTES, IL NE FAIT PAS BON TRAÎNER DANS L'EST...
PAS SEULEMENT DANS L'EST, IL Y A AUSSI DES SOULÈVEMENTS POPULAIRES DANS LE NORD ET DANS L'OUEST
HA HA
JE PENSE QU'ILS COMPLOTENT UN COUP D'ÉTAT...
BLAM

LIEUTENANT-COLONEL ? OÙ ALLEZ-VOUS ?
JE VAIS FOUILLER DANS LES ARCHIVES DE LA BIBLIOTHÈQUE
BLAM
PAC PAC PAC
?
LA GUERRE CIVILE D'ISHBAL...
LES ÉMEUTES DE LIOR...
ET PUIS...
QUI A BIEN PU IMAGINER TOUT ÇA ?
JE DOIS METTRE AU COURANT LE PRÉSIDENT, LE PLUS VITE POSSIBLE
GNIIII

CLANG
RAVIE DE FAIRE VOTRE CONNAIS-SANCE...
MÊME SI DES ADIEUX SERAIENT PLUS APPRO-PRIÉS POUR VOUS...
H...
C'EST UN BEAU TATOUAGE, QUE TU AS LÀ, MA JOLIE
SHING
VOUS EN SAVEZ TROP, LIEU-TENANT-COLONEL HUGHES

Shlak
WOOSH
BLAM
URG
ET MERDE ...
CRRR CRRR

PAC
PAC
PAC
FLOUTCH
MERDE ? C'EST MOI QUI DEVRAIS DIRE ÇA...
POUR UN GRATTE-PAPIER, IL MANIE PLUTÔT BIEN LE COUTEAU...
T-O
HUF
HUF
LIEUTENANT-COLONEL !?
VOUS VOULEZ ENCORE UTILISER LE TÉLÉPHONE POUR DES APPELS PERSONNELS ?
MAIS !! VOUS SAIGNEZ !
CE N'EST RIEN...
J'AI UN COUP DE FIL À PASSER...

CLANG
JE DOIS JOINDRE LE PRESI-DENT !
CLING
HU ?
DÉSOLÉ ...
DE VOUS AVOIR DÉRANGÉE ...
QUOI ? LIEUTE-NANT-COLONEL ?!

hup
hup
hup
clic
OUI ! ICI LE QUARTIER GÉNÉRAL DE LA DIVISION EST !
ROY ! PASSEZ-MOI LE COLONEL ROY MUSTANG !
LE RÈGLEMENT NOUS INTERDIT DE PASSER UNE COMMUNICATION VENANT DE L'EXTÉRIEUR...
JE SUIS LE LIEUTENANT-COLONEL HUGHES DE CENTRAL !
C'EST UNE URGENCE ! C'EST POUR ÇA QUE J'UTILISE CETTE LIGNE !
TELEPHO
DONNEZ-MOI LE MOT DE PASSE !
FLAP
BON SANG, VOUS M'EMMERDEZ À LA FIN !
« ONCLE » « SUCRE » « OLIVER » « HUIT » « ZERO » « ZERO »
LE CODE EST CORRECT, NE QUITTEZ PAS...
IL EN VA DE L'AVENIR DE L'ARMÉE ! GROUILLEZ-VOUS !
FLAP
CLIP

VEUILLEZ RACCROCHER CE COMBINÉ, LIEUTENANT-COLONEL...
ALLEZ !!
RACCROCHEZ...
SOUS-LIEUTENANT ROSS...
C'EST PAS VOUS !
QUI ÊTES-VOUS !?

QUI ? JE SUIS LE SOUS-LIEUTENANT MARIA ROSS...
NOUS NOUS SOMMES RENCONTRÉS DE NOMBREUSES FOIS À L'HÔPITAL
NON ! VOUS MENTEZ !!
LE SOUS-LIEUTENANT ROSS A UN GRAIN DE BEAUTÉ PRÈS DE L'ŒIL GAUCHE !
C'EST VRAI ?
JE N'AI PAS DÛ FAIRE ATTENTION...
CRITCH
C'EST MIEUX COMME ÇA ?
QUOI ?!

QU'EST-CE QUI SE PASSE ICI ?!
JE SUIS EN TRAIN DE RÊVER OU QUOI ?
OUI, ET J'ESPÈRE QUE ÇA SERA VOTRE MEILLEUR CAUCHEMAR !
HÉ HÉ, EXCUSEZ-MOI...
MAIS MA FEMME ET MA FILLE M'ATTENDENT À LA MAISON
SHLACK
VOUS ÊTES TROP INTELLIGENT... ÇA VOUS A JOUÉ DES TOURS...
JE NE PEUX PAS MOURIR AUJOURD'HUI !!
WOOSH

ET VOUS VOUS ATTAQUERIEZ À VOTRE PROPRE FEMME ?
AVOUEZ QUE C'EST UNE MAGNIFIQUE MISE EN SCÈNE...
N'EST-CE PAS, LIEU-TENANT-COLONEL HUGHES ?
... URG

BOR... DEL ...
DRIIINNGG
DRIIINNGG
oh?
VOUS AVEZ UN APPEL DU LIEUTENANT-COLONEL HUGHES DE CENTRAL
ENCORE LUI ?!
PASSEZ-LE-MOI !
bzz
clic
...
C'EST MOI !
JE NE VEUX PAS ENTENDRE PARLER DE TA FILLE
DRIIINNGG
...
HUM ?

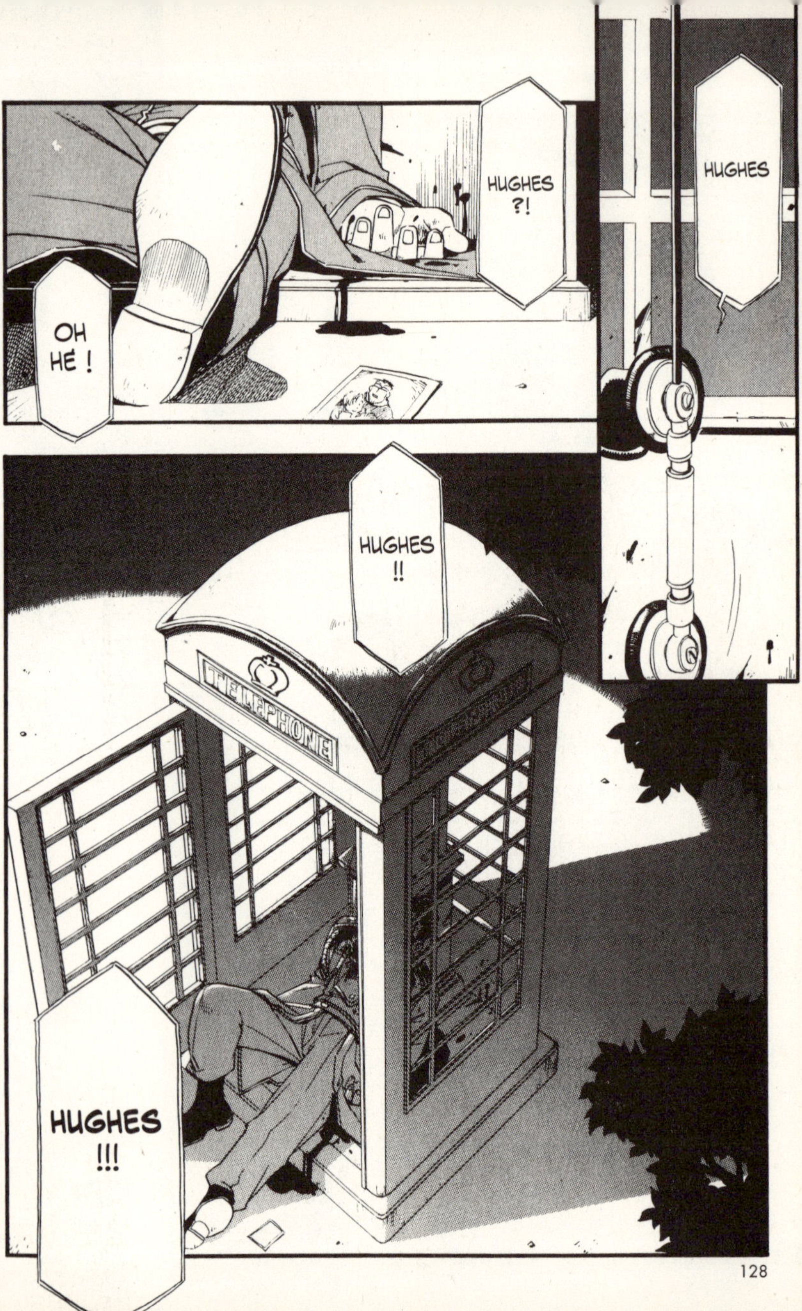
HUGHES
HUGHES ?!
OH HÉ !
HUGHES !!
TELEPHONE
HUGHES !!!

CHAPITRE 16
CHACUN SA ROUTE

TCHOUUU
TOUDOUM
DOUDOUM
TOUDOUM
DOUDOUM
ET POURQUOI TU VEUX RENDRE VISITE À TON MAÎTRE SUBITEMENT ?
IL Y A DEUX RAISONS ...
CES DERNIERS TEMPS, MÊME EN ME DONNANT À FOND, JE NE FAIS QUE PERDRE
DONC, PREMIÈREMENT, IL FAUT QUE JE DEVIENNE PLUS FORT
203

QUOI ?! VOUS Y ALLEZ POUR VOUS ENTRAÎNER ?
QUELS ENRAGÉS DE LA BASTON VOUS FAITES...
IDIOTE ! C'EST PAS SI SIMPLE... COMMENT DIRE...
EN FAIT, EH BIEN ...
C'EST PAS SEULEMENT FRAPPER, C'EST AUSSI UNE UNION DU CORPS ET DE L'ESPRIT... N'EST-CE PAS, AL ?
OUI, TOUT À FAIT
JE VEUX DEVENIR DE PLUS EN PLUS FORT !
OUI !
EN TOUT CAS, JE SUIS CERTAIN QU'ON SERA PLUS FORTS APRÈS AVOIR RENCONTRÉ NOTRE MAÎTRE...
ET LA SECONDE RAISON ?

J'AI DES QUESTIONS CONCERNANT LA TRANS-MUTATION HUMAINE À LUI POSER...
MÊME SI C'EST NOTRE MAÎTRE QUI NOUS A FORMÉS, ON NE NOUS A PAS APPRIS À PRATIQUER LA TRANSMUTATION HUMAINE OU À UTILISER LA PIERRE PHILOSOPHALE...
OUI, SURTOUT QUE LA PIERRE PHILOSOPHALE EST UN SUJET ÉPINEUX VOIRE DANGEREUX POUR CEUX QUI S'Y INTÉRESSENT ...
J'ESPÈRE AVOIR LE CRAN DE LUI DEMANDER EN FACE DE NOUS EXPLIQUER COMMENT RÉCUPÉRER NOS CORPS...
ON PEUT PLUS SE PERMETTRE DE FAIRE N'IMPORTE QUOI...
MÊME SI JE SAIS QUE J'Y RISQUE MA PEAU, JE LUI DEMANDERAI FRANCO
DEMAN-DERAI...
NOTRE VIE AURA ÉTÉ BIEN COURTE, AL !
DÉPRIME
J'AURAI AU MOINS AIMÉ AVOIR UNE PETITE AMIE...
Hey!

HA !
ÇA VA VOUS REMONTER LE MORAL !
TADA !
C'EST UNE TARTE AUX POMMES ♪
ÇA A L'AIR SUPER BON !!
TU L'AS EUE OÙ ?
C'EST LA FEMME DE MONSIEUR HUGHES QUI L'A FAITE SPÉCIALEMENT POUR NOUS
C'EST BIEN TROP POUR NOUS !
VISIBLEMENT ELLE A COMPTÉ TROIS PERSONNES...

TU PEUX MANGER MA PART, EDWARD...
HÉ HÉ HÉ
HÉ HÉ
URG
TU TE VENGES POUR L'HÔPITAL HEIN ? FAUX-FRÈRE !
C'EST HYPER BON !
OUI, MADAME HUGHES EST TRÈS BONNE CUISINIÈRE ...
ELLE M'A APPRIS LA RECETTE, UNE FOIS QU'ALPHONSE AURA RETROUVÉ SON CORPS, JE LUI EN FERAI UNE !
SUPER !
ÇA ME RAPPELLE LES GÂTEAUX QUE NOUS FAISAIT MAMAN QUAND ON ÉTAIT JEUNE ...
MIAM
MIAM
EDWARD, T'ES PAS SI VIEUX QUE ÇA...
HUGHES, SA FEMME ET ELYSIA FORMENT UNE TRÈS BELLE FAMILLE
CE SONT VRAIMENT DES GENS BIEN...

OUAIS, MAIS LE LIEUTENANT-COLONEL HUGHES EST BIEN TROP PAPA GÂTEAU, MÊME AVEC NOUS !
HAHAHA
IL EST VENU SOUVENT TE VOIR À L'HÔPITAL... POUR TE TAQUINER...
C'EST VRAI...
IL DIT TOUT LE TEMPS QU'IL EST TRÈS OCCUPÉ, MAIS IL TROUVAIT À CHAQUE FOIS UN MOMENT POUR VENIR ME RENDRE VISITE...
DOUDOUM
TOUDOUM DOUDOUM
LA PROCHAINE FOIS QUE L'ON VIENT À CENTRAL, IL FAUDRA ALLER LE REMERCIER...

MAMAN ...
POURQUOI EST-CE QU'ON ENTERRE PAPA ?
DITES ! POURQUOI EST-CE QUE VOUS ENTERREZ MON PAPA ?
ELYSIA ...
JE VEUX PAS !
JE VEUX PAS !
COMMENT IL VA FAIRE POUR ALLER TRAVAILLER SI VOUS L'ENTERREZ ?!
ELYS ...

MAIS... IL AVAIT DIT QU'IL A BEAUCOUP DE TRAVAIL !
JE VEUX PAS !
NE L'ENTERREZ PAS !!
PAPA !!

Maes Hughes
MORT EN SERVICE... PROMU DE DEUX ÉCHELONS À TITRE POSTHUME...
GÉNÉRAL DE BRIGADE HUGHES...
TU M'AVAIS DIT QUE TU SERAIS TOUJOURS À MES CÔTÉS POUR ME SOUTENIR, ET MAINTENANT TE VOILÀ PLUS HAUT GRADÉ QUE MOI...
ESPÈCE D'IMBÉCILE ...
COLONEL !

IL Y A DU VENT, LE TEMPS SE RAFRAÎCHIT ...
VOUS NE VOULEZ PAS RENTRER ?
HUM
VOUS SAVEZ, LIEUTENANT, LES ALCHIMISTES SONT VRAIMENT DES GENS PEU FRÉQUENTABLES...
EN CE MOMENT ...
JE SUIS MÊME EN TRAIN D'ENVISAGER LA POSSIBILITÉ D'UTILISER LA TRANSMUTATION HUMAINE...
JE CROIS QUE JE COMMENCE À COMPRENDRE CE QU'ILS ONT RESSENTI... QUAND ILS ONT PERDU LEUR MÈRE...
VOUS ÊTES SÛR QUE ÇA VA ?

JE VAIS BIEN ...
HA MINCE...
IL COMMENCE À PLEUVOIR...
DE LA PLUIE ? MAIS IL NE...
SI...
IL PLEUT ...

VOUS AVEZ RAISON ...
IL EST TEMPS DE RENTRER
IL COMMENCE À FAIRE FROID...
Pac Pac Pac Pac
EN FAIT, C'EST COMME S'IL S'ÉTAIT SOUVENU DE QUELQUE CHOSE. ET D'UN COUP, IL EST PARTI À LA BIBLIOTHÈQUE FAIRE DES RECHERCHES...

C'EST LA DERNIÈRE FOIS QUE JE L'AI VU...
IL S'EST BATTU AVEC QUELQU'UN ICI ?
OUI, PROBABLEMENT...
LES TRACES DE SANG VONT DE CETTE PIÈCE JUSQU'AU-DEHORS...
ENSUITE, IL EST ALLÉ...
T·O
IL EST ARRIVÉ BLESSÉ EN DISANT QU'IL DEVAIT TÉLÉPHONER...
MAIS IL AVAIT L'AIR TRÈS PRÉOCCUPÉ...

AU FINAL, IL N'A PAS PASSÉ DE COUP DE FIL...
ET IL EST REPARTI D'ICI EN COURANT
DONC, IL A DÉCOUVERT QUELQUE CHOSE DANS CES DOSSIERS ...
TELEPHONE
MAIS IL NE POUVAIT PAS UTILISER UNE LIGNE INTERNE, DONC IL EST VENU ICI POUR ME TÉLÉPHONER...

IL A RÉUSSI À AVOIR LE STANDARD DE LA CASERNE ET IL A DIT À L'OPÉRATRICE QUE C'ÉTAIT TRÈS IMPORTANT...
HUM ...
QU'EST-CE QU'IL AVAIT DE SI IMPORTANT À ME DIRE ?
QUELQUE CHOSE DE SI IMPORTANT QUE L'ARMÉE NE S'EN SORTIRAIT PAS INTACTE ...
COLONEL !!
JE VOUS AI AMENÉ LE COMMANDANT ARMSTRONG !

J'AI MA PETITE IDÉE SUR LES PERSONNES QUI ONT TUÉ LE LIEUTENANT-COLONEL HUGHES...
QU'EST-CE QU'ON ATTEND POUR LES ARRÊTER ?!!
ON TENTE DÉJÀ DE LES SURVEILLER MAIS EN FAIT, ON NE SAIT PAS VRAIMENT QUI ILS SONT...
QUOI ?
QU'EST-CE QUE ÇA VEUT DIRE ? EXPLIQUEZ-VOUS !
JE NE PEUX PAS...
C'EST UN ORDRE ! VOUS DÉSOBEISSEZ À VOTRE SUPÉRIEUR ?!
JE SUIS COLONEL ET VOUS AVEZ INTÉRÊT À PARLER !

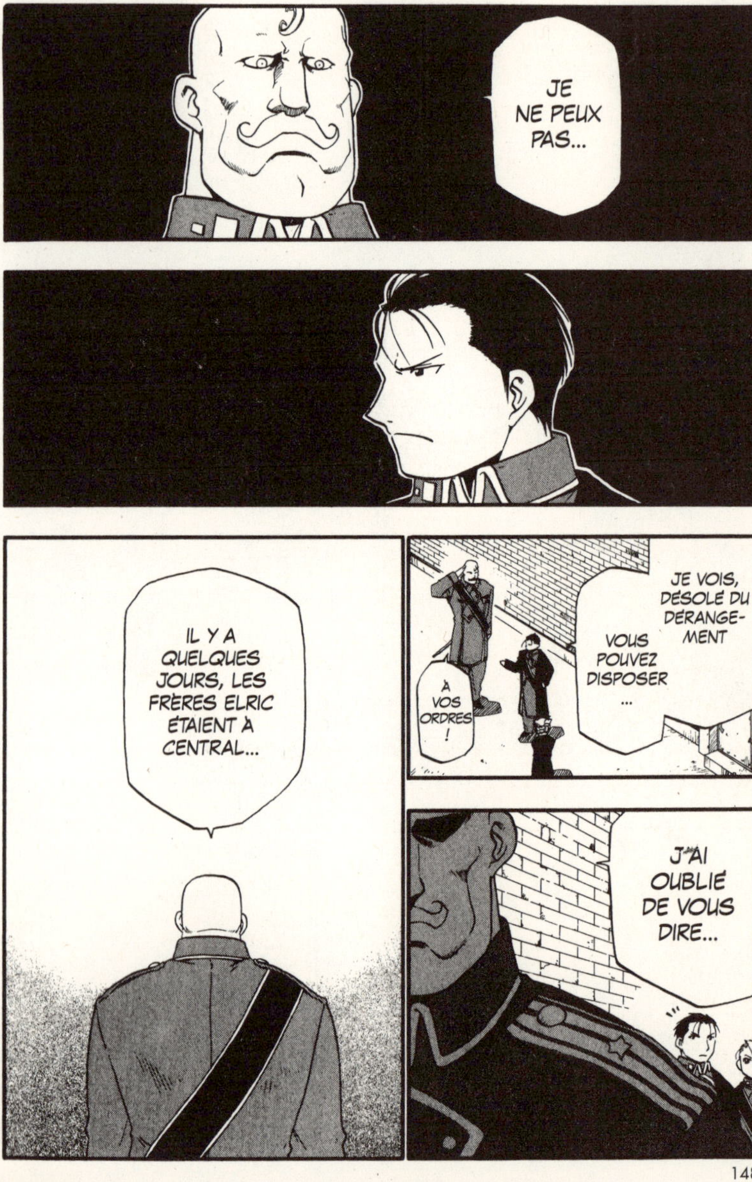
JE NE PEUX PAS...
JE VOIS, DÉSOLÉ DU DÉRANGEMENT
VOUS POUVEZ DISPOSER ...
À VOS ORDRES !
J'AI OUBLIÉ DE VOUS DIRE...
IL Y A QUELQUES JOURS, LES FRÈRES ELRIC ÉTAIENT À CENTRAL...

LES FRÈRES ELRIC ?!
OUI
LES FRÈRES ELRIC...
ET ILS ONT TROUVÉ CE QU'ILS CHERCHAIENT ...?
NON, ET DE TOUTE FAÇON, CE QU'ILS CHERCHENT N'EST QU'UNE LÉGENDE...
JE VOIS ...
MERCI

DONC, ON N'A PAS PU EN TIRER GRAND-CHOSE...
DÉTROMPEZ-VOUS, LE COMMANDANT EST QUELQU'UN DE TRÈS SUBTIL...
?
IL A BIEN PRÉCISÉ QU'IL Y A PLUSIEURS SUSPECTS IMPLIQUÉS
C'EST DONC POSSIBLE QU'IL Y AIT UNE ORGANISATION DERRIÈRE TOUT ÇA...
DE PLUS, IL N'A PAS VOULU SE PLIER À MES ORDRES, CE QUI VEUT DIRE QU'IL A REÇU DES DIRECTIVES DE PERSONNES PLUS HAUT GRADÉES QUE MOI LUI IMPOSANT DE SE TAIRE...
IL EST DONC FORT PROBABLE QUE L'ÉLITE DE L'ARMÉE SOIT IMPLIQUÉE...
ENFIN, EN CE QUI CONCERNE LES FRÈRES ELRIC...

IL PARLAIT ÉVIDEMMENT DE LA PIERRE PHILOSO-PHALE...
HA ?
DONC, ENTRE L'ÉLITE DE L'ARMÉE, CETTE ORGANISATION, LA PIERRE ET HUGHES...
QUEL PEUT BIEN ÊTRE LE LIEN... ?
MOI NON PLUS JE N'EN SAIS RIEN...
GRAT GRAT
MAIS CE QUI EST SÛR, C'EST QUE JE NE VAIS PAS LÂCHER CETTE AFFAIRE SI FACILEMENT...
JE VAIS BIENTÔT ÊTRE MUTÉ À CENTRAL ...
HA ?
MES FÉLICITA-TIONS
C'EST UN HEUREUX CONCOURS DE CIR-CONSTAN-CES...
JE VAIS POUVOIR FAIRE MES PROPRES RECHERCHES AU SEIN DE L'ÉLITE ET DÉMASQUER LE COUPABLE

CE N'EST PAS DANS VOS HABITUDES DE MÉLANGER SENTIMENTS ET TRAVAIL...
CE N'EST PAS UNE QUESTION DE SENTIMENTS OU DE TRAVAIL...
DEVENIR PRÉSIDENT ET VENGER LA MORT DE HUGHES, CE SONT DES DÉCISIONS QUI M'APPARTIEN-NENT...
JE VAIS PRENDRE D'ASSAUT L'ÉLITE DE CE PAYS !
VOUS VENEZ AVEC MOI ?
PAS BESOIN DE DEMAN-DER...

VOOOSHHHOOUU
VSSSHHOOuuu

QUEL EST CET ENDROIT ?
CETTE ODEUR ...
C'EST ISHBAL ?
MON FRÈRE ...
OÙ ...
OÙ SONT-ILS TOUS ?
SALUT !

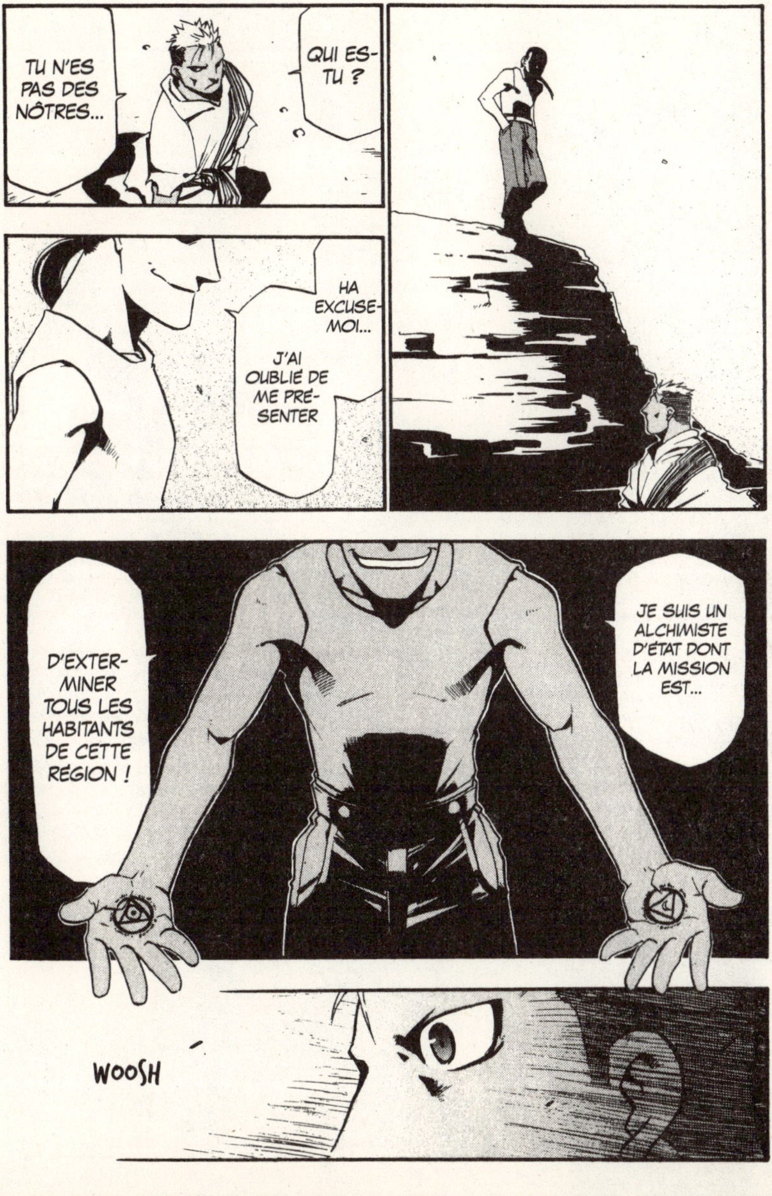
QUI ES-TU ?
TU N'ES PAS DES NÔTRES...
HA EXCUSE-MOI...
J'AI OUBLIÉ DE ME PRÉSENTER
JE SUIS UN ALCHIMISTE D'ÉTAT DONT LA MISSION EST...
D'EXTERMINER TOUS LES HABITANTS DE CETTE RÉGION !
WOOSH

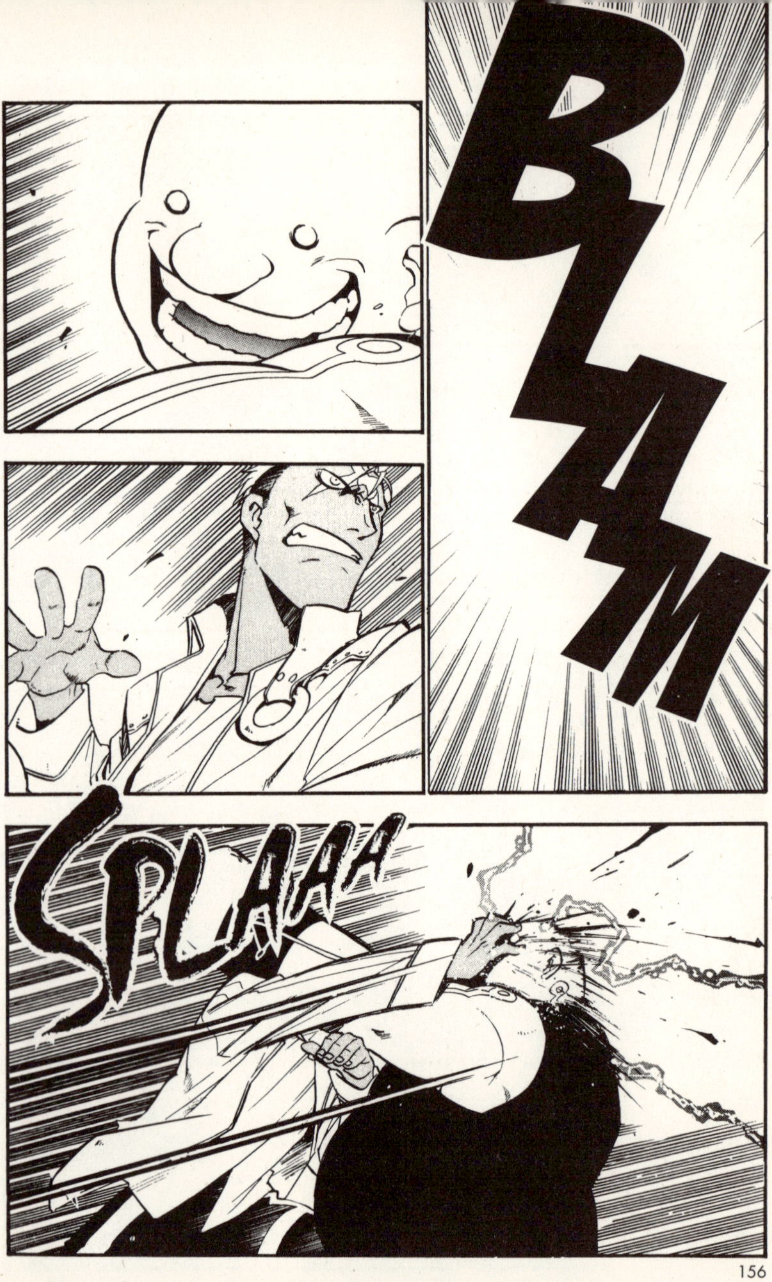
BLAM
SPLAAA

CRAC !!
HÉ
HÉ
HÉ
HÉ

CRISH
CRAC
CRAC
CRISH
CLAP
SPLARF
URG...
BAM
SHLING
SHLING

SBLAM
CRAC

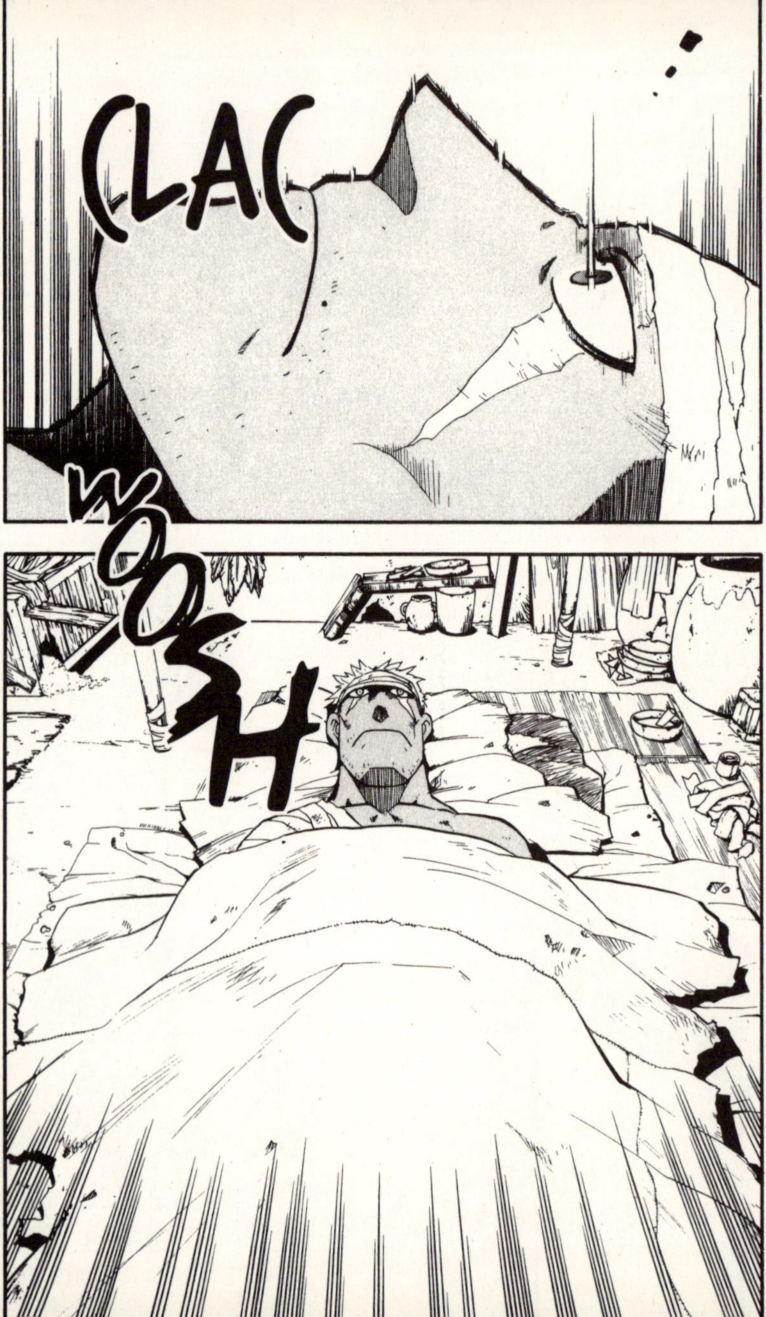
CLAC
WOOSH

HA
IL EST RÉVEILLÉ !!
JE SUIS VIVANT ...
OUI, JE NE PENSAIS PAS QUE VOUS VOUS EN SORTIRIEZ...
OÙ SOMMES-NOUS ?
DANS UN BIDONVILLE À L'EXTÉRIEUR D'EAST CITY
C'EST TOI QUI M'AS SAUVÉ ?
OUI, VOUS ME DEVEZ UNE FIÈRE CHANDELLE !
HA HA
VOUS FLOTTIEZ DANS LES ÉGOUTS !
WAH-!
J'AI ÉTÉ SUPER SURPRIS ...

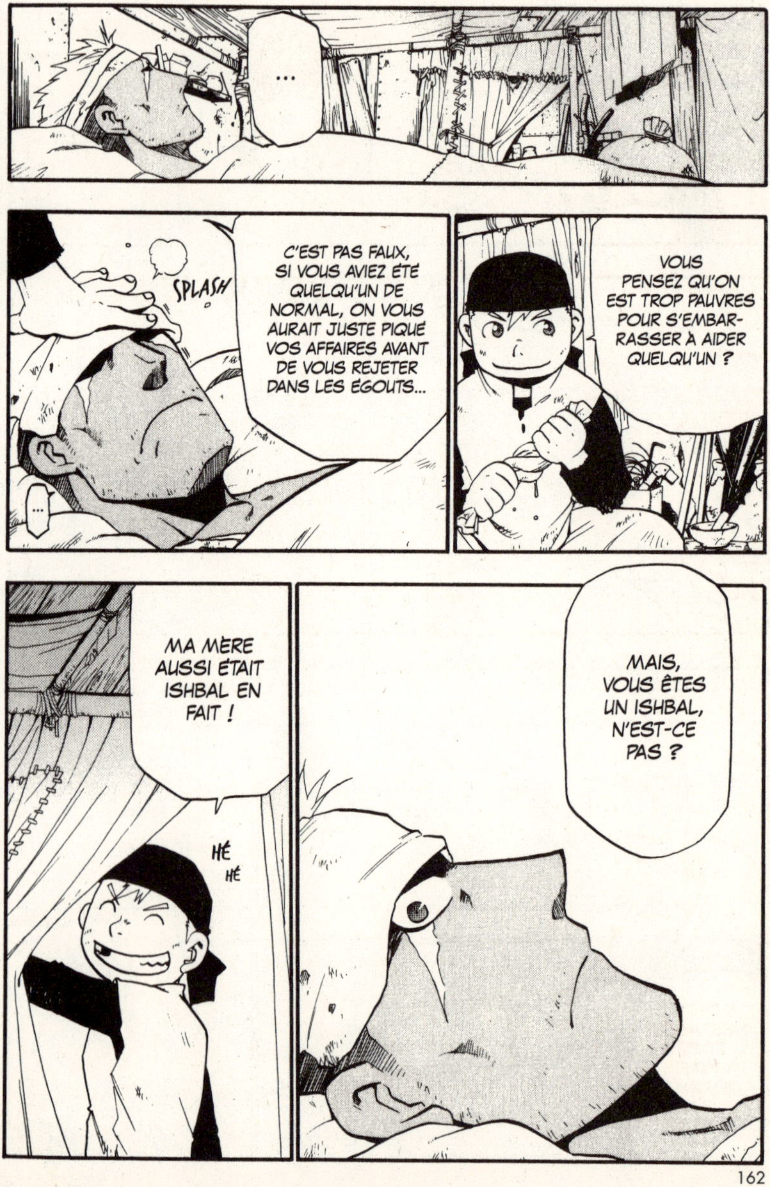
...
VOUS PENSEZ QU'ON EST TROP PAUVRES POUR S'EMBARRASSER À AIDER QUELQU'UN ?
C'EST PAS FAUX, SI VOUS AVIEZ ÉTÉ QUELQU'UN DE NORMAL, ON VOUS AURAIT JUSTE PIQUÉ VOS AFFAIRES AVANT DE VOUS REJETER DANS LES ÉGOUTS...
SPLASH
...
MAIS, VOUS ÊTES UN ISHBAL, N'EST-CE PAS ?
MA MÈRE AUSSI ÉTAIT ISHBAL EN FAIT !
HÉ
HÉ

PAPY !
IL EST RÉVEILLÉ !!
OH !
VOUS AVEZ EU DE LA CHANCE DE REVENIR À LA VIE
HA MAIS C'EST BIEN TOI !
TU ES CELUI QUE LA POLICE RECHERCHE, NON ?
!
VOUS ALLEZ ME BALANCER ?
ALLONS, PAS BESOIN D'ÊTRE SUR LA DÉFENSIVE !
HA HA HA
IL N'Y A QUASIMENT QUE DES ISHBALS OU ASSIMILÉS DANS CE BIDONVILLE
PERSONNE N'EST ASSEZ STUPIDE POUR DÉNONCER SA PROPRE FAMILLE...

AH ! J'AI ENTENDU DIRE QU'IL S'ÉTAIT RÉVEILLÉ !
VOUS AVEZ BESOIN DE QUELQUE CHOSE ?
BLA BLA
ON N'A PAS GRAND-CHOSE À VOUS OFFRIR EN FAIT...
IL A REPRIS CONNAISSANCE ?!
BONNE NOUVELLE !
HA HA HA
BLA
JE NE PENSAIS PAS QU'IL Y AVAIT AUTANT DE SURVIVANTS D'ISHBAL...
ET PAS SEULEMENT ICI !
IL Y A AUSSI DES CAMPS DE RÉFUGIÉS À TRAVERS TOUT LE PAYS ET TOUT LE MONDE GARDE ESPOIR
MÊME SI NOUS SOMMES DES DÉPORTÉS, C'EST IMPORTANT D'AVOIR UN FOYER POUR VIVRE...
HA HA HA
TOUTES LES CHOSES DE CE MONDE DÉPENDENT DE LA VOLONTÉ D'ISHBALA
JE VOIS ...

HEY, BOUGEZ PAS COMME ÇA ! OUBLIEZ PAS QU'VOUS AVEZ FAILLI Y PASSER !
ARRGH
MERCI DE VOUS ÊTRE OCCUPÉ DE MOI ...
VOTRE BRAS DROIT ? VOUS AVEZ ÉTÉ SALEMENT AMOCHÉ MAIS VOS MEMBRES N'ONT PAS ÉTÉ ARRACHÉS...
MON BRAS DROIT EST TOUJOURS LÀ ?
JEUNE HOMME ...
C'EST UN TATOUA-GE ?
HÉ, IL EST GÉNIAL VOTRE BRAS !!

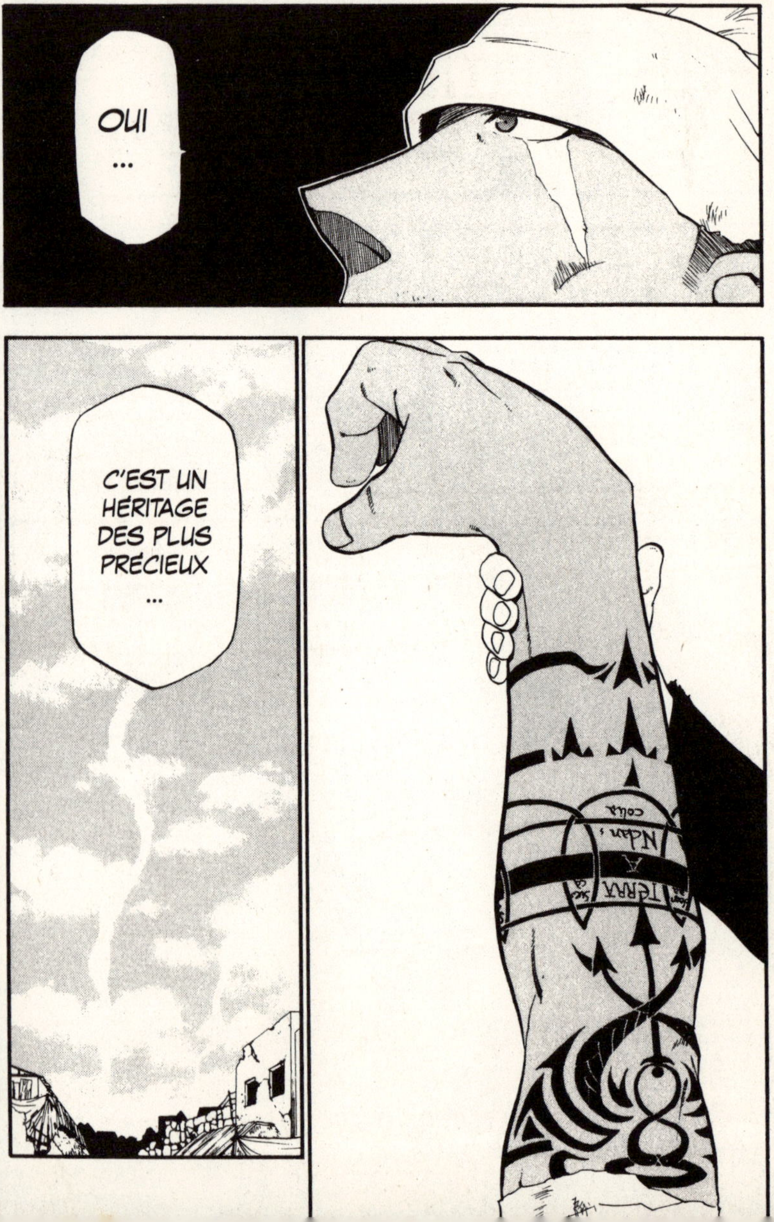
OUI ...
C'EST UN HÉRITAGE DES PLUS PRÉCIEUX ...

BONUS
CHIENCHIEN DE L'ARMÉE ?

OUN
OUN
OUUN
... QU'EST-CE QUE C'EST, ÇA ?
LE « CHIEN » OU CANIS LUPUS FAMILIARIS EST UN MAMMIFÈRE DE LA FAMILLE DES CANIDÉS PROCHE DU LOUP. ILS SONT CONNUS POUR SE REGROUPER EN MEUTE AFIN DE CHASSER...
CE N'EST PAS VRAIMENT LA RÉPONSE QUE J'ATTENDAIS, ADJUDANT FALMAN
JE VOUS PRIE DE M'EXCUSER...
JE L'AI TROUVÉ DANS LA RUE CE MATIN...
EH, FURY... TU PENSES VRAIMENT GARDER CE CHIEN AVEC TOI ?
NON, JE NE PEUX PAS... LES ANIMAUX SONT INTERDITS DANS LE DORTOIR DE LA CASERNE...

MAIS ALORS, POURQUOI DIABLE L'AVOIR EMMENÉ AVEC VOUS !!
IL ÉTAIT TOUT TREMBLOTANT SOUS CETTE PLUIE BATTANTE... JE N'AI PAS PU RÉSISTER...
ON POURRAIT DEMANDER À QUELQU'UN DE S'EN OCCUPER, NON ?
MOI, JE NE PEUX PAS, JE VIS AUSSI DANS UN DORTOIR...
ET VOUS, SOUS-LIEUTENANT BREDA ?
JE...J'AI HORREUR DES CHIENS !!
DONC... C'EST NON ?
JE VAIS M'EN CHARGER ...
GRIP
J'AIME BIEN LES CHIENS
MERCI BEAUCOUP, SOUS-LIEUTENANT HAVOC !!
J'AI ENTENDU DIRE QUE C'EST DÉLICIEUX QUAND C'EST BIEN CUISINÉ...

OUI, IL PARAÎT QU'IL Y A UN PAYS À L'EST OÙ TOUT LE MONDE EN MANGE
ON DIT QUE LES CHIENS ROUX SONT EXQUIS
ALLONS TROUVER QUELQU'UN D'AUTRE !
OUI OUI
C'ÉTAIT POUR RIRE, HEIN !
UN CHIEN ?
C'EST IMPOSSIBLE, ON N'A PAS DE FOYER, DONC ON NE PEUT PAS S'EN OCCUPER...
JE M'EN DOUTAIS ...
VOUS ÊTES TROP GENTIL, ADJUDANT FURY
C'EST UNE ÉNORME RESPONSABILITÉ D'AVOIR UN ANIMAL DE COMPAGNIE...
N'EST-CE PAS, AL ?
HIC
MIAOU

GRAT GRAT GRAT GRAT GRAT
TU AS ENCORE RECUEILLI UN CHAT QUE TU AS CACHÉ DANS TON ARMURE !!
IL AVAIT L'AIR SI TRISTE SOUS LA PLUIE ! DIS ! DIS ! JE PEUX LE GARDER !!
NON ! REMETS-LE OÙ TU L'AS TROUVÉ !!
MIAOU
TU N'ES QU'UN SANS-CŒUR !
DASH
GLANG
GLANG
MIAOURGH
GLANG
NE COURS PAS ! PAUVRE CHAT !!
OH, UN CHIEN !
J'AIME BIEN LES CHIENS
HA HA HA
C'EST VRAI ?!

OUI ! CE SONT DES ANIMAUX FIDÈLES !
EN PLUS, ILS SONT TOTALEMENT SOUMIS À LEUR MAÎTRE !!
MÊME EN LES TRAITANT COMME DES CHIENS... ILS NE SE PLAIGNENT PAS ! HA HA HA !
C'EST UN PEU COMME DES ESCLAVES !!
J'AIME VRAIMENT LES CHIENS !
HAHAHAHA
JE N'AURAIS JAMAIS DÛ LUI DEMANDER ...
HA, ELLE A DIT QUE SI VOUS NE LUI TROUVIEZ PAS DE MAÎTRE, VOUS DEVREZ LE REMETTRE DEHORS...
OUI ...
LE LIEUTENANT EST INSENSIBLE...
AVEC TOUTE CETTE PLUIE C'EST VRAIMENT INHUMAIN...
TU NE DEVRAIS PAS T'INQUIÉTER COMME ÇA...
LE LIEUTENANT HAWKEYE EST UNE GENTILLE PERSONNE MALGRÉ TOUT...

JE VOIS...
VOUS LUI AVEZ TROUVÉ UN MAÎTRE, ADJUDANT ?
DAM !
EH BIEN... EN FAIT... DISONS
EN FAIT, VOUS N'AVEZ TROUVÉ PERSONNE ?
Snif
OUI, DONC COMME PROMIS JE VAIS LE REMETTRE DEHORS...
C'EST BIEN DOMMAGE... MAIS SI PERSONNE N'EN VEUT...
JE VAIS M'EN OCCUPER

ÇA VOUS VA ? VOUS SAVEZ, JE SUIS ASSEZ SÉVÈRE...
LIEUTENANT !!
HA HA HA HA HA
JE TE L'AVAIS BIEN DIT !
AU FOND, ELLE EST GENTILLE !!
TU ES CONTENT ? TU AS QUELQU'UN QUI S'OCCUPE DE TOI !
slurp slurp
ON DIRAIT QUE LE LIEUTENANT LE DRESSE ET S'EN OCCUPE BIEN...
OUI, ÇA ME RASSURE
Psss
HA !
CLAC !
HÉ, HÉ ! EN VOILÀ UNE BÊTISE ...

CLAC
PAN
PAN
PAN
GLING
GLING
C'EST MAL, TES TOILETTES SONT ICI ...
C'EST COMPRIS ?
GENTIL GARÇON ...
OUN OUN
BRR BRR
Allons travailler...
APRÈS CES ÉVÉNEMENTS, LES MEMBRES DE LA CASERNE D'EAST CITY DÉCIDÈRENT DE NE PLUS JAMAIS CONTRARIER LE LIEUTENANT...
FIN

WAAAHH !!!
C'EST MAGNIFIQUE !!
C'EST LA DERNIÈRE CRÉATION DE L'ATELIER REMIS
JE N'AURAIS JAMAIS PENSÉ QU'ELLE SOIT EN VENTE DANS UN TEL TROU...
SALE
DIS ! DIS ! TU ME L'ACHÈTES ? S'IL TE PLAÎT, MON AMOUR !!
HA, HA, HA ! PAS DE PROBLÈME, POUPÉE !
SALE
NEW
WAAAHH !!!
C'EST MAGNIFIQUE !!

VOILA, RUSH VALLEY !!
PARK
MAIN STREET
STATION
POST OFFICE
HOTEL
CET AUTO-MAIL !
UN MODELE DE 1911 DE CHEZ GODS
SI ON M'AVAIT DIT QUE JE LE VERRAIS UN JOUR DE MES PROPRES YEUX !!
... BAH, QUOI ?
EUH... NON, RIEN DU TOUT...

RUSH V
ON LA SURNOMME « LA VALLÉE PROSPÈRE », ELLE DOIT SON ÉCONOMIE FLORISSANTE AU COMMERCE DE PROTHÈSES DONT LES COMMANDES ONT EXPLOSÉ APRÈS LA GUERRE D'ISHBAL !
CHAPITRE 17
LA VALLÉE PROSPÈRE
C'EST LA TERRE SAINTE DES CRÉATEURS D'AUTO-MAILS !
OH, C'EST VRAI...
PLEIN DE GENS EN SONT ÉQUIPÉS...
UN AUTO-MAIL GÉANT ?
WOW
JUNK

SPECIAL
LE PAYS EST ENCORE EN GUERRE AUX FRONTIÈRES, LA DEMANDE EN PROTHÈSES EST TOUJOURS TRÈS FORTE
UN MONDE EN PAIX N'AURAIT PAS BESOIN D'UN TEL COMMERCE... C'EST TRISTE...
Woo BAM
Woo
Woo Woo
Wooo
WOOOOOHHH
GÉNIAL ! 51 VICTOIRES À LA SUITE !
C'EST IMPOSSIBLE DE LE BATTRE !!
C'EST UNE VÉRITABLE MACHINE À GAGNER !!
SON AUTO-MAIL A ÉTÉ CRÉÉ POUR REMPORTER DES COMPÉTITIONS DE BRAS DE FER !
hum hum
LA PRIME EST DE 10 000 CENZ. SI VOUS GAGNEZ, VOUS EMPORTEZ AUSSI LA CAGNOTTE PRÉSENTE SUR LA TABLE ! OH YEAH !

JE VEUX BIEN ESSAYER !
HÉ, HÉ ! J'AI CHANGÉ D'AUTO-MAIL CE MATIN MÊME !
J'AIME-RAIS BIEN TESTER SON EFFICA-CITÉ !
QUI SAIT, MON GARS !? C'EST PEUT-ÊTRE TON JOUR DE CHANCE !!
CLING
À VOS MARQUES !!
FIGHT
BLAM
TON BRAS ÉTAIT NEUF, C'EST ÇA ?
DÉSOLÉ ...
MAIS IL EST BON POUR LA POUBELLE

C'EST PAS VRAI...
OUAIS
YEAH
WOOOWOO
SUPER IL L'A CASSÉ !!
ALORS TON BRAS A EXPLOSÉ ?
TU PEUX VENIR LE FAIRE RÉPARER CHEZ MOI !!
JE TE FAIS UN RABAIS SI TU VEUX !
NON, CHEZ MOI !!
BRAM BRAM
JE TE FAIS UN DEVIS GRATUIT !!
AU SECOURS, AIDEZ-MOI ! J'AI DÉJÀ UN CRÉDIT SUR LE DOS !!
NOUS AUSSI, ON FAIT DES FACILITÉS DE PAIEMENT !!
SI TU N'AS PAS ASSEZ D'ARGENT, ON PEUT S'ARRANGER !
BRAM
BRAM
BRAM
BRAM
QUELLE BANDE DE VAUTOURS...
ET CE PETIT GARS AVEC UN AUTO-MAIL AU BRAS DROIT ?
AH NON ! SUIS-JE BÊTE !!
ÇA M'ÉTONNERAIT QU'UN NABOT COMME ÇA PUISSE SE BATTRE !
ET POUR LA SUITE...
OH, JE VOIS UN GRAND MEC QUI A L'AIR SUPER FORT DANS LA FOULE ! ÇA T'INTÉRESSE !?
MOI !?
NON, NON, JE NE VEUX PAS PARTICIPER...

HAHAHAHAHA
DONC, QUELQU'UN D'AUTRE VEUT SE BATTRE ?
BLAM
FLASH
QUOI ? CE GAMIN VEUT VRAIMENT PARTICIPER ?
ON VA S'MARRER !!
HOOOO
ATTENDS UN PEU ED, C'EST IMPOSSIBLE QUE TU GAGNES !
AH
HA HA HA HA HA HA HA
IL Y A UN TROP GRAND ÉCART DE PUISSANCE ET D'AL-LONGE...
HA HA HA HA
LE GOSSE VA AVOIR L'ÉPAULE ARRACHÉE
TENEZ-VOUS PRÊTS
OUAIS !!
PRÊT ?!
CLAC
ALLEZ-...

VLAM
CRAC
HEIN ?
DÉSOLÉ ...
LES ÉBOUEURS VONT AVOIR BEAUCOUP DE BOULOT AUJOURD'HUI ...
GNIK

IL L'A CASSÉ !?
WOW OUAIS !
TON BRAS EST COMPLÈTEMENT EXPLOSÉ, NON ?!
SI TU AS BESOIN D'UN NOUVEAU BRAS, VIENS CHEZ MOI !
NON, CHEZ MOI !!
JE TE FERAI UN BON PRIX
WAAAHH
ARGH !
C'EST MARRANT EN FAIT !
HÉ HÉ HÉ
COMMENT A-T-IL FAIT ÇA ?
pssss
EN FAIT, IL A FRAGILISÉ LA STRUCTURE DU BRAS DE SON ADVERSAIRE EN UTILISANT L'ALCHIMIE
CLAP
Attends un peu Ed...
AH
C'EST PAS DU JEU !
HA, HA, HA, HA ! JE NE T'ENTENDS PAS ! HA, HA, HA !
DÉMON ...
CET AUTO-MAIL ! IL NE VIENT PAS D'ICI, JE ME TROMPE ?

OH ! REGARDEZ L'AGENCEMENT DES JOINTURES !
HUM !
C'EST DE MOI ! C'EST DE MOI !
C'EST UN TRÈS BEAU TRAVAIL, JEUNE FILLE. FÉLICITATIONS !
DE L'EST DU PAYS ?
JE COMPRENDS POURQUOI LE DESIGN EST DIFFÉRENT
EUH
HÉ !
C'EST ÉVIDENT, ICI ON UTILISE PLUTÔT DES PIÈCES CYLINDRIQUES
PAS TOUCHE
BLA BLA BLA
OH ? TU AS UN AUTOMAIL À LA JAMBE GAUCHE AUSSI ?
HÉ !!
ON VEUT VOIR ! ON VEUT VOIR !
MONTRE-NOUS TA JAMBE
ALLEZ FAIS PAS TON TIMIDE ! BAISSE TON PANTALON !
WAAAHH
ARGH !
HA, HA, HA ! ON EST VRAIMENT DANS LE TEMPLE DES AUTOMAILS, ICI !

TOUT LE MONDE EST PASSIONNÉ DE MÉCANIQUE !
OUI OUI
ET C'EST UNE RAISON POUR QUE JE ME TRIMBALLE EN CALEÇON DEVANT TOUT CES GENS ?!
HA, HA ! REGARDE LÀ-BAS CHÉRIE !
OH MON DIEU...
HA, HA, HA ! C'EST RARE DE VOIR UN ALCHIMISTE D'ÉTAT À MOITIÉ NU EN PLEINE RUE...
HA, HA, HA ! TRÈS DRÔLE MONSIEUR JE PORTE UN PAGNE EN GUISE DE SEUL VÊTEMENT
C'est pas un pagne...
J'TE JURE...
HEIN?
AH ? AH ?!
QUOI ?!
QU'EST-CE QU'IL Y A ?
MON INSIGNE D'ALCHIMISTE D'ÉTAT...
MA MONTRE EN ARGENT A DISPARU !!
DISPARUE...

QUOI ?!!
ON TE L'A PEUT-ÊTRE ÉGARÉE...
C'EST CERTAINEMENT UN COUP DE PANINYA
C'EST UNE PICKPOCKET QUI S'EN PREND AUX TOURISTES
C'EST PAS VRAI ?!
ET VOUS SAVEZ OÙ ELLE SE TROUVE ?!
C'EST SUPER IMPORTANT !!
HUM... QU'EST-CE QU'ON FAIT ?
ON VA TOUT TE DIRE MAIS...

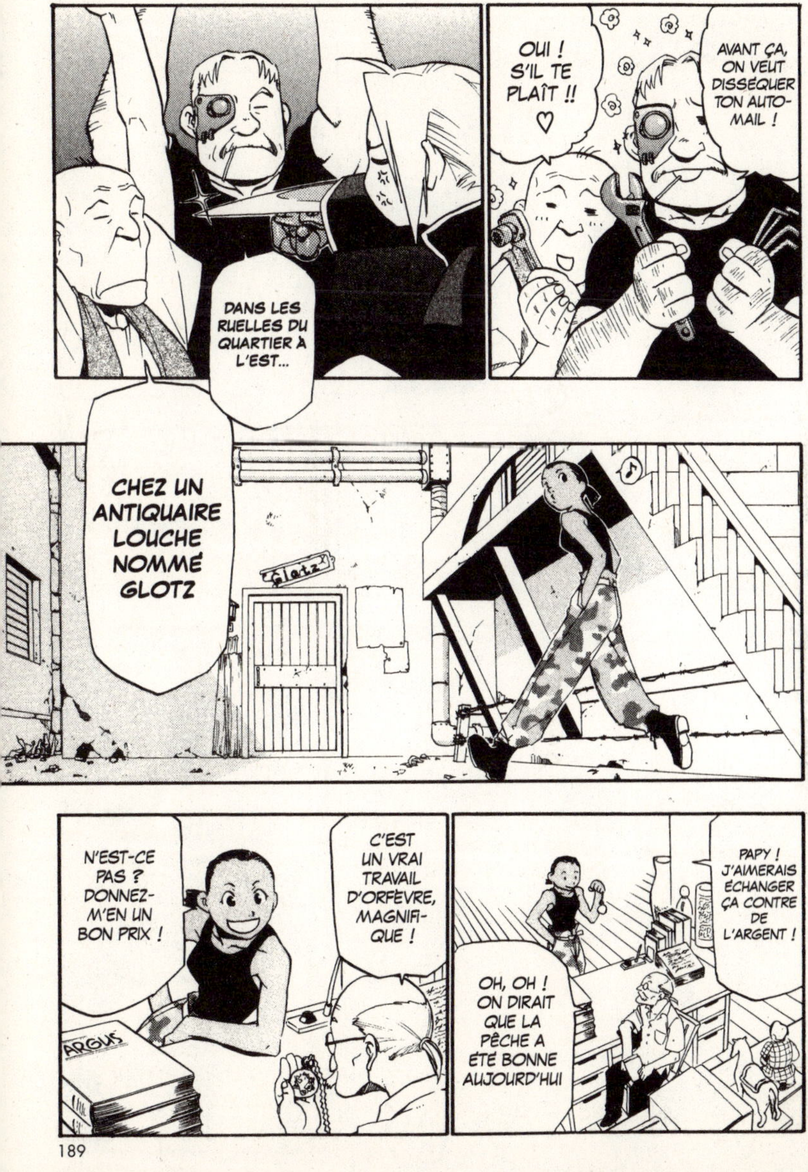

AVANT ÇA, ON VEUT DISSÉQUER TON AUTO-MAIL !
OUI ! S'IL TE PLAÎT !! ♡
DANS LES RUELLES DU QUARTIER À L'EST...
CHEZ UN ANTIQUAIRE LOUCHE NOMMÉ GLOTZ
Glotz
PAPY ! J'AIMERAIS ÉCHANGER ÇA CONTRE DE L'ARGENT !
OH, OH ! ON DIRAIT QUE LA PÊCHE A ÉTÉ BONNE AUJOURD'HUI
C'EST UN VRAI TRAVAIL D'ORFÈVRE, MAGNIFIQUE !
N'EST-CE PAS ? DONNEZ-M'EN UN BON PRIX !
ARGUS

AH, IL Y A UN NOM DE GRAVÉ
EDWARD ELRIC ?
CE NOM ME DIT VAGUEMENT QUELQUE CHOSE...
L'EMBLÈME DE L'ARMÉE ENCADRÉ D'UN PENTACLE... C'ÉTAIT QUOI CE SYMBOLE DÉJÀ... ?
UMPF !
JE N'ARRIVE PAS À L'OUVRIR...
gni gni
OUI, EN EFFET...
EN PLUS, ON DIRAIT QU'ELLE NE FONCTIONNE PAS...
...
J'AI VOLÉ UN TRUC SANS AUCUNE VALEUR...
ON POURRAIT PEUT-ÊTRE LA REMONTER, NON ?
N'Y TOUCHEZ PAS !!
ARBUS

ET NE L'OUVREZ PAS !!
TAC TAC
ESPECE D'EMMER-DEUR... EUH... DEUSE
TAC
FLÛTE
Hoplà
HA !!
ATTRAPE, MON POTE !!
Swoosh
CE VASE VAUT 800,000 CENZ ! AAHHH !
Smash!

WAAHH !!
CLAP
BELLE RÉCEP-TION !
SHWOO
HA, HA, HA ! TROP FACILE
ATTENDS UN PEU, ESPÈCE DE...
AL ! ON LA SUIT !!
TAC TAC TAC TAC
AH !
JE ME SOU-VIENS...
C'EST LE PLUS JEUNE ALCHIMISTE D'ÉTAT DE...

HEY TOI
BON SANG
TU...
TU VAS T'ARRÊTER OUI !!
PAC PAC PAC PAC PAC
ROOH, MAIS QU'IL EST COL-LANT...
PSSHHH
POF
KOF, KOF, KOF !
HÉ HÉ !
ET TU CROYAIS POUVOIR ME DÉFIER SUR MON PROPRE TERRAIN !

!!
SWASH
OUPS LÀ !
C'EST PAS PASSÉ LOIN !
QUOI ? UNE IMPASSE ?!
ON L'A COINCÉE !!
kof kof
BIEN JOUÉ AL !
IL FAUDRA PLUS D'UN MUR POUR...
... M'ARRÊTER !!
CLAP

SWOOSH
C'EST UNE ACROBATE OU QUOI ?!
HEIN ?
WIIISHH
FRÉROT !!
PAC
HOP !
POC
POC
TU CROIS QUE C'EST SI FACILE DE NOUS ÉCHAPPER...

GRR
Flavia
HÉ HÉ HÉ
OUAF
OUAF
GRRRRR
NOOOONNNN

GRR?
pshi pshi
TOUT DOUX. LAISSE MON FRÈRE TRANQUILLE...
BON CHIEN...
GRRRRR
GRRRR
OUAF
AH !
Arghhh
GRRRR
BON CHIEN, J'AI DIT !
GRRR
GRRR
WOSH
HÉ, HÉ, HÉ, HÉ, HÉ, HÉ !
UMPF ...
ÇA VA EDWARD ?
KAÏ KAÏ
brr brr

JE VAIS L'EX-PLOSER !!
QUOI ?!
MAIS TU NE PEUX PAS FAIRE ÇA, C'EST UNE FILLE !
ET L'ÉGALITÉ DES SEXES, ALORS !?
TADAM
J'AI DU MAL À CROIRE QU'IL UTILISE UN ARGUMENT AUSSI BIDON...
cric cric
ÇA NE S'OUVRE TOUJOURS PAS...
Pff

JE VAIS ESSAYER DE LA CASSER POUR VOIR ...
JE T'AI DÉJÀ DIT DE NE PAS L'OUVRIR !
POURQUOI ? IL Y A QUELQUE CHOSE DE SECRET À L'INTÉRIEUR ?
ÇA NE TE REGARDE PAS...
RENDS-LA MOI...
GRR...

CRASH
CRISH
JE SUIS UN ALCHIMISTE !!
CRISH
CRISH
CRISH
CRISH
CRISH
CRISH
CRISH
WOW SUPER
CRISH
CRISH
QUI T'ES EN FAIT ?
CRISH
CRISH
CRISH
CRISH

BAM
BAM
BAM
BAM
BAM
BAM
HA, HA, HA ! C'EST LA PREMIÈRE FOIS QUE JE FAIS LA COURSE AVEC UN ALCHIMISTE !
CLAP
TU NE M'ÉCHAPPERAS PAS !!
BLAM
STOP
OW !
VOILÀ, J'AI GA...
TO

PFIOU
PAC
... GNE ?!
SWISH
FIN DE PARTIE !!
OH
WAAAHHH!!

ON DIRAIT UN PETIT SINGE !
ET... ELLE SE BAT CONTRE UN AUTRE SINGE...
WOW !
BOM !
ELLE EST TRÈS ATHLÉTIQUE !!
J'ESPÈRE QU'IL NE VA PAS TROP TARDER À L'AMENER ICI...
PLAC
WOSH
GENERAL STORE
HUM ...
ED DEVRAIT S'EN SORTIR...
WAAARRGGHHH !!
HA, HA, HA, HA !
CRISH
CRAC
CRISH
CRAC
CRISH
C'EST VRAIMENT SUPER !
CRISH

C'EST LA PREMIÈRE FOIS QUE QUELQU'UN S'ACCROCHE AUTANT !
HA, HA, HA, HA !
pff
ATTE...
ESPECE DE...
pff
pff
RALENTIS ...
pff
JE SORS TOUT JUSTE DE L'HOSTO...
ALORS, TU ES À BOUT DE SOUFFLE ?!
LA... FERME ...
TU VAS VOIR ...

PLAC
WOOSH
...!!
HEU...
ET APRÈS
...?

QU'EST-CE QUI SE PASSE ? TU N'AS PLUS D'ÉNERGIE ?
pfff...
TU SAIS... L'ALCHIMIE NE FAIT PAS SEULEMENT APPARAÎTRE DES CHOSES...
JE PEUX AUSSI...
RENDRE FRIABLE L'ENDROIT OÙ TU TE TROUVES...
CRISH
BLAM

BRRR BRRR BRRR
BLAM
CLAP
ATTENTION EN DESSOUS !!
MA BOUTIQUE !!
SCRITCH
CRITCH
CRITCH
CRITCH

PRENDS ÇA !!!
VLAM
OUPS
JE T'AI EUE !
CRASH
HEU... J'SUIS LE PATRON DU MAGASIN...

ET VOILÀ ...
HOLÀ ?
JE T'ATTEN-DAIS !
!?
FLASH !

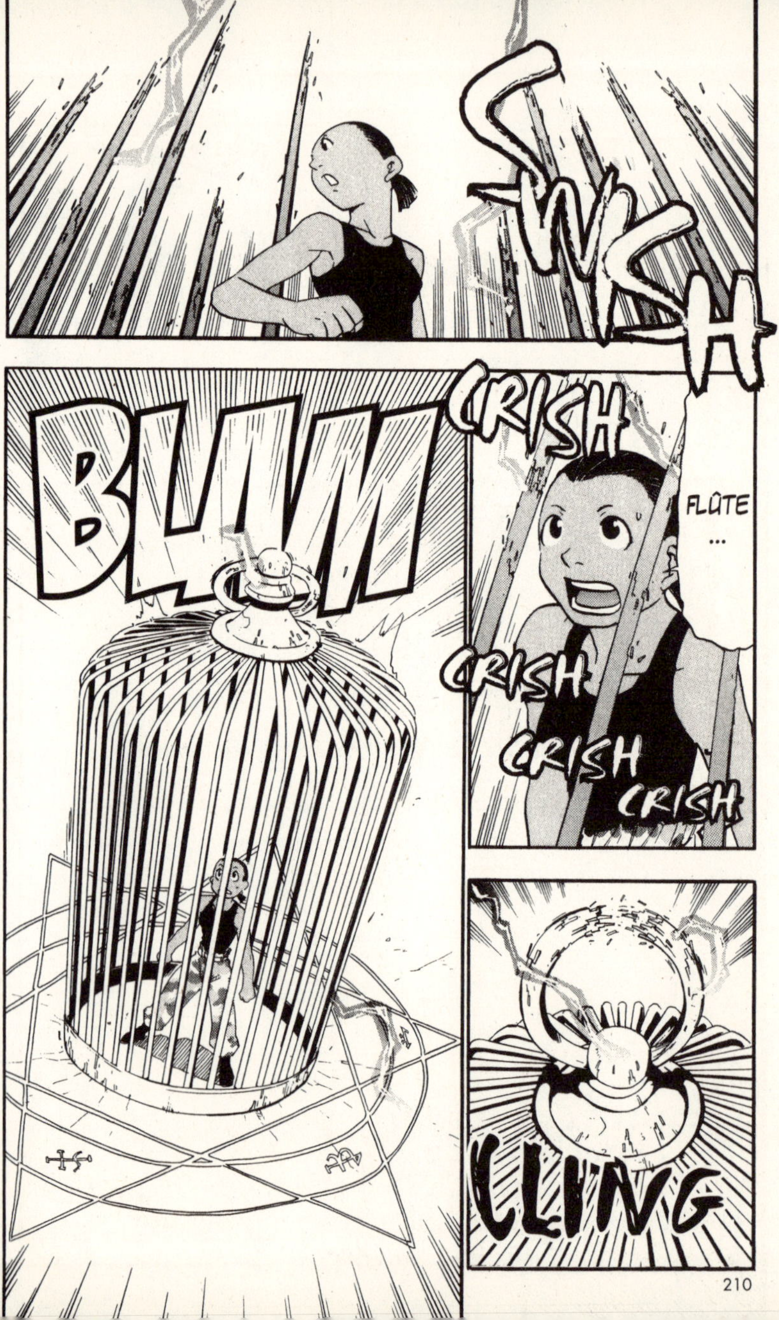
SWISH
BLAM
CRISH
FLÛTE
...
CRISH
CRISH
CRISH
CLING

BIEN JOUÉ !
PFIOU
HÉ, HÉ, HÉ !
TU FERAIS MIEUX D'ABANDONNER, MA GRANDE
TU DIS ÇA, MAIS C'EST QUAND MÊME MOI QUI L'AI ATTRAPÉE...
HUM...
TOC TOC
RECULEZ-VOUS UN PEU, VOUS RISQUERIEZ D'ÊTRE BLESSÉS...
HEIN ?
SWISH
SHWING

GLING
GLING
GLING
...!!
C'EST LA PREMIÈRE FOIS...
...QUE TU VOIS UNE JAMBE COMME ÇA ?
SWISH
ET J'AI OUBLIÉ DE VOUS DIRE, J'AI UN CANON CULVERIN DANS LA JAMBE DROITE
PAN
BOUM
SES DEUX JAMBES SONT DES AUTO-MAILS... QUELLE AGILITÉ...
J'EN CROIS PAS MES YEUX...

ET C'EST REPARTI !!
ATTENDS !!
DASH
ATTRAPE-MOI SI TU PEUX !!
PLAC
JE NE TE LAISSERAI PAS T'ÉCHAPPER !
CRIIII

QUOI ?
BEAU BOULOT WINRY !
NE RELÂCHE PAS CETTE SALE VOLEUSE !
BIEN SÛR QUE NON...
HÉ HÉ HÉ HÉ
S'IL TE PLAÎT !
JE NE TE LÂCHERAI PAS AVANT D'AVOIR ANALYSÉ TON AUTO-MAIL !!
...
PARDON ?!

SOLEIL DE PLOMB
NON MAIS, VOUS POUVEZ ME DIRE QU'EST-CE QUE JE SUIS VENU FAIRE, PAUMÉ AU FIN FOND DE CES MONTAGNES AVEC VOUS ?
SI VOUS N'AVANCEZ PAS PLUS VITE, JE VOUS LAISSE LÀ !
NOUS... LAISSER, LÀ ?
QU'EST-CE QUE...
Ufff fff Pfff

CHAPITRE 18
LE PRIX DE L'HONNÊTETÉ

WAH ! C'EST VRAIMENT SUPER !!
RUSH
C'EST LA PREMIÈRE FOIS QUE JE VOIS CE TYPE D'AUTO-MAIL
LE SYSTÈME DE SUSPENSION EST VÉRITABLEMENT DE HAUT NIVEAU, MAIS LE PLUS IMPRESSIONNANT C'EST CE MÉCANISME D'ÉQUILIBRE QUI FONCTIONNE PAR PAIRE...
ON DIRAIT QUE CET AUTO-MAIL A ÉTÉ CONÇU DÈS LE DÉPART POUR INTÉGRER DES ARMES, ET POURTANT L'ENSEMBLE RESTE TRÈS COMPACT. ÇA DOIT ÊTRE POUR ÇA QUE LE DESIGN DE LA PARTIE AVANT EST COMME ÇA... EN PLUS, IL SUPPORTE PARTICULIÈREMENT BIEN LES CHOCS. JE ME DEMANDE QUEL TYPE DE TRAITEMENT THERMIQUE ON A PU FAIRE SUBIR À L'ALLIAGE MÉTALLIQUE POUR QU'IL SOIT AUSSI RÉSISTANT...
BLA BLA BLA BLA BLA BLA BLA
IL FAIT BEAU AUJOURD'HUI, NON ?
OUI, TU AS RAISON, ED...
PANINYA, J'AIMERAIS RENCONTRER LA PERSONNE QUI TE L'A FABRIQUÉ !
OUI MAIS...

TU VAS AVOIR BESOIN D'UN GUIDE CAR IL HABITE DANS UN ENDROIT DIFFICILE D'ACCÈS...
HEIN ?!
JE VAIS T'Y EMMENER MAIS EN ÉCHANGE ...
...EST-CE QUE VOUS POUVEZ PASSER L'ÉPONGE SUR MON VOL ?
PAS DE PROBLÈME POUR MOI !
HÉ ! UNE PETITE SE-CONDE !!
WOOSH
C'EST PAS À TOI DE DÉCIDER ÇA, WINRY !!
ON VA L'AMENER DIRECTEMENT À LA POLICE, OUI !
HEIN ?! C'EST PETIT DE TA PART ! UN OU DEUX VOLS, ÇA N'EST PAS SI GRAVE !
ARRÊTE DE DIRE « PETIT » !!
EN PLUS, À CAUSE D'ELLE ON A DÉTRUIT LA MOITIÉ DE LA VILLE !
C'EST TOI QUI AS EXPLOSÉ MON MAGASIN, NON ?
GENERAL
IL Y A UN ÉNORME TROU DANS LE TOIT, CHEZ MOI !
ET QUI A DÉTRUIT MA CHEMINÉE ?!
ON M'A RAPPORTÉ QUE VOUS AVIEZ EMBÊTÉ MON BÉBÉ D'AMOUR !
GRR

EN TRAVAUX
veuillez patienter
DÉPÊCHE-TOI DE RÉPARER, GAMIN !
OH ! C'EST BON HEIN !
Clang
Cling
OUAF OUAF OUAF
LA FERME !!
BON, MAINTE-NANT !
ON L'EMMÈNE AU POSTE DE POLICE ET JE RÉCUPÈRE MA MONTRE !
Urff
Pff
VU LE TRAJET, C'EST MIEUX QUE TU NE PRENNES PAS DE BAGAGES
JE VAIS ALLER LES DÉPOSER À L'HÔTEL POUR ÊTRE TRANQUILLE
HA HA HA HA HA
VOUS M'ÉCOUTEZ OU QUOI ?!
TU SAIS BIEN QUE RIEN NE PEUT STOPPER WINRY QUAND ELLE EST DANS CET ÉTAT...
FLASH
CE MÉCANICIEN VIT VRAIMENT DANS UN ENDROIT RECULÉ...
OUI, J'AI ENTENDU DIRE QUE SON ATELIER ÉTAIT EN PLEINE MONTAGNE AFIN D'AVOIR DES MATÉRIAUX DE MEILLEURE QUALITÉ !
CHAUD

EN PLUS, COMMENT DIRE... IL EST UN PEU MISANTHROPE, C'EST POUR ÇA QU'IL NE VEUT PAS VIVRE EN VILLE
ÇA, JE M'EN TAPE ! TU VAS ME RENDRE MA MONTRE À LA FIN ?
ON A PASSÉ UN ACCORD ET JE N'AI PAS ENVIE DE ME RETROUVER EN PRISON
POUR LE MOMENT, JE LA GARDE COMME ASSURANCE ♡
JE... JE N'AI JAMAIS PASSÉ D'ACCORD !!

ON EST BIENTÔT ARRIVÉS !
CLING
CLING
CLING
CLING
CLING
SALUT !!
OH ! PANI-NYA !
TU VIENS SOUVENT NOUS RENDRE VISITE EN CE MOMENT !

CLANG CLANG
AH ! VOUS VENEZ POUR LES AUTO-MAI...
OUI, MAIS AUJOURD'HUI J'AMÈNE DES INVITÉS !
WAAAH ! UN GÉANT ! WAAAHHH ! UN NAIN !!!
C'EST WINRY, UNE MÉCANICIENNE
ELLE S'INTÉRESSE AUX AUTO-MAILS FABRIQUÉS ICI
C'EST RARE DE VOIR UNE JEUNE DEMOISELLE S'INTÉRESSER AUX AUTO-MAILS...
Tout doux
Grrr Grrrr
Bonjour
CLANG CLANG
AH PANINYA, TU ES VENUE AVEC DES AMIS ?
BONJOUR SATELLA !
CLANG CLANG CLANG
VOUS TOMBEZ BIEN !
J'ÉTAIS SUR LE POINT DE FAIRE DU THÉ
VOUS EN PRENDREZ BIEN AVEC NOUS, NON ?
Super !
CET HOMME, C'EST DOMINIQUE ?
IL N'A PAS L'AIR SI BOURRU...
HA, HA ! PAS DU TOUT !

CLANG
CLANG
JE M'APPELLE LIDEL...
LIDEL RECORT, ENCHANTÉ
CLANG
CLANG
ET VOICI MA FEMME SATELLA !
CLANG
LA PERSONNE BOURRUE DONT ON VOUS A PARLÉ, C'EST MON PÈRE, DOMINIQUE
BONJOUR DOMINI-QUE !

QUOI ? ENCORE TOI !
QUEL ACCUEIL... JE SUIS VENUE ICI POUR REMBOURSER UN PEU DE MA DETTE...
CLANG
JE T'AI DÉJÀ DIT QUE JE NE VOULAIS PAS DE TON ARGENT !
CLANG
TOUJOURS AUSSI AIMABLE ...
VOYONS, VOYONS, BEAU-PAPA. PANINYA NOUS A AMENÉ DES INVITÉS
TU NE VEUX PAS PRENDRE UN THÉ AVEC NOUS ?
DES INVITÉS ?
VOUS SAVEZ, LES CANONS CULVERIN...
... C'EST PAS UN TRUC DE GONZES-SES !

TU POUSSES UN PEU, LÀ...
JE SAIS QUE C'EST RARE QU'UNE FILLE EN SOIT ÉQUIPÉE MAIS QUAND MÊME...
ARRÊTE DE CHIALER, VEUX-TU ? TU SAIS QU'IL Y A UNE PARTIE DE MON ÂME DANS CE CANON !
OUI, DE SON ÂME !
CET AUTO-MAIL INTÈGRE DES ARMES ET POURTANT SON DESIGN EST SOBRE ET EFFICACE
C'EST VRAIMENT UN TRAVAIL D'ARTISTE !
JE VOIS QUE TU T'Y CONNAIS, JEUNE FILLE !
UH, UH ! ♡
JUSQU'À PRÉSENT J'UTILISAIS UN ALLIAGE DE CARBONE QUI...
EN FAIT, LA COQUE EST LÉGÈRE ET RÉSISTANTE...
WOW ! JE CAPTE VRAIMENT RIEN À CE QU'ILS DISENT...
C'EST DU SUR MESURE !
AH !
OH !
IL Y A UN BÉBÉ LÀ-DEDANS ?!
C'EST IMPRES-SIONNANT !!

L'ACCOUCHEMENT EST PRÉVU DANS QUINZE JOURS
ENFIN ! JE COMMENCE VRAIMENT À AVOIR DU MAL À BOUGER...
JE PEUX TOUCHER ?
OUI, JE T'EN PRIE
HA HA
POUF
WAH SUPER !
JE NE COMPRENDS PAS VRAIMENT, MAIS C'EST SUPER
C'EST LA PREMIÈRE FOIS QUE JE TOUCHE LE VENTRE D'UNE FEMME ENCEINTE
DITES AU BÉBÉ DE SORTIR BIEN SAGEMENT ET SANS PROBLÈME !
NOUS AUSSI NOUS ÉTIONS DANS LE VENTRE DE MAMAN AVANT DE NAÎTRE...
C'EST VRAIMENT ÉTRANGE, NON ?
C'EST VRAI...
C'EST VRAIMENT ÉTRANGE DE SE DIRE QU'IL Y A UNE VIE À L'INTÉRIEUR DE MON VENTRE...

VOUS SAVEZ, LES BÉBÉS PASSENT ENVIRON 280 JOURS À L'INTÉRIEUR DU VENTRE DE LEUR MÈRE AVANT DE SORTIR...
C'EST VRAIMENT MAGIQUE, NON ?
ILS N'ONT PERSONNE POUR LES GUIDER MAIS ILS SORTENT TOUT SEULS APRÈS CES 280 JOURS
MÊME SI LES BÉBÉS SONT PETITS, ILS S'ACCROCHENT À LA VIE COÛTE QUE COÛTE !
ED ! ♡
TU PEUX VENIR PAR ICI ?
VIENS, VIENS !
♡
MAUVAIS PRESSENTIMENT

HUMPF
...
17% DE CHROME, 1% DE CARBONE, OU UN TRUC DANS LE GENRE...
DING
DING
J'AIMERAIS LE RENDRE PLUS RÉSISTANT ET PLUS LÉGER...
SI ON TIENT COMPTE DE SON CORPS, C'EST TROP LOURD POUR LUI EN EFFET...
JE SUIS DE NOUVEAU EN CALEÇON...
SI C'EST TROP LOURD, ÇA PEUT ÊTRE UN PROBLÈME
JE PENSE QUE C'EST POUR ÇA QU'IL EST SI PETIT POUR SON ÂGE...
PETIT ...
NON, ATTENDEZ ! VOUS VOULEZ DIRE QUE SI MON AUTOMAIL EST PLUS LÉGER, JE VAIS GRANDIR ?!
OUI, C'EST POSSIBLE !
WAH HA HA HA HA HA HA HA HA HA HA HA HA
ALLEZ !!
C'EST DÉCIDÉ !!

MONSIEUR DOMINIQUE, PRENEZ-MOI COMME ÉLÈVE ! JE VOUS EN PRIE !
WOOSH
Pffff
HORS DE QUESTION
NE SOYEZ PAS AUSSI CATÉGORIQUE... S'IL VOUS PLAÎT...
TAIS-TOI ! JE NE PRENDS PAS D'ÉLÈVES !
DITES, DITES...
VOUS VOUDRIEZ PAS LUI APPRENDRE VITE FAIT À CONSTRUIRE UN AUTO-MAIL ALLÉGÉ POUR QUE JE PUISSE GRANDIR ?
GATEAU LENÔTRE
RENTRE CHEZ TOI, AVORTON !
AVOR... QUOI ?!
S'IL VOUS PLAÎT MONSIEUR DOMINIQUE !
J'AI DIT « JAMAIS D'ÉLÈVE !! »
IL NE FAUT JAMAIS DIRE JAMAIS !
AV... AVORTON... IL M'A TRAITÉ D'AVORTON !!
BARREZ-VOUS !
Tu es toujours en caleçon.
TAIS-TOI ED !

DÉSOLÉ, MON PÈRE EST UN PEU CARACTÉRIEL ...
VOUS FERIEZ MIEUX D'ABANDONNER...
GRR !
BON, VOUS ALLEZ DÉCAMPER, OUI OU NON ?
ZAP
CLASH
PSSHHHHIIII
ON NE PEUT PAS PARTIR...
VOUS POUVEZ RESTER ICI JUSQU'À CE QUE LA PLUIE S'ARRÊTE...
LA PLUIE N'A PAS L'AIR DE VOULOIR CESSER ...
BRRR BRRR BRRR
PSSSSHHHHIIII
CE STYLE DE TEMPS EST MAUVAIS POUR MES ARTICULATIONS...
GRAT GRAT

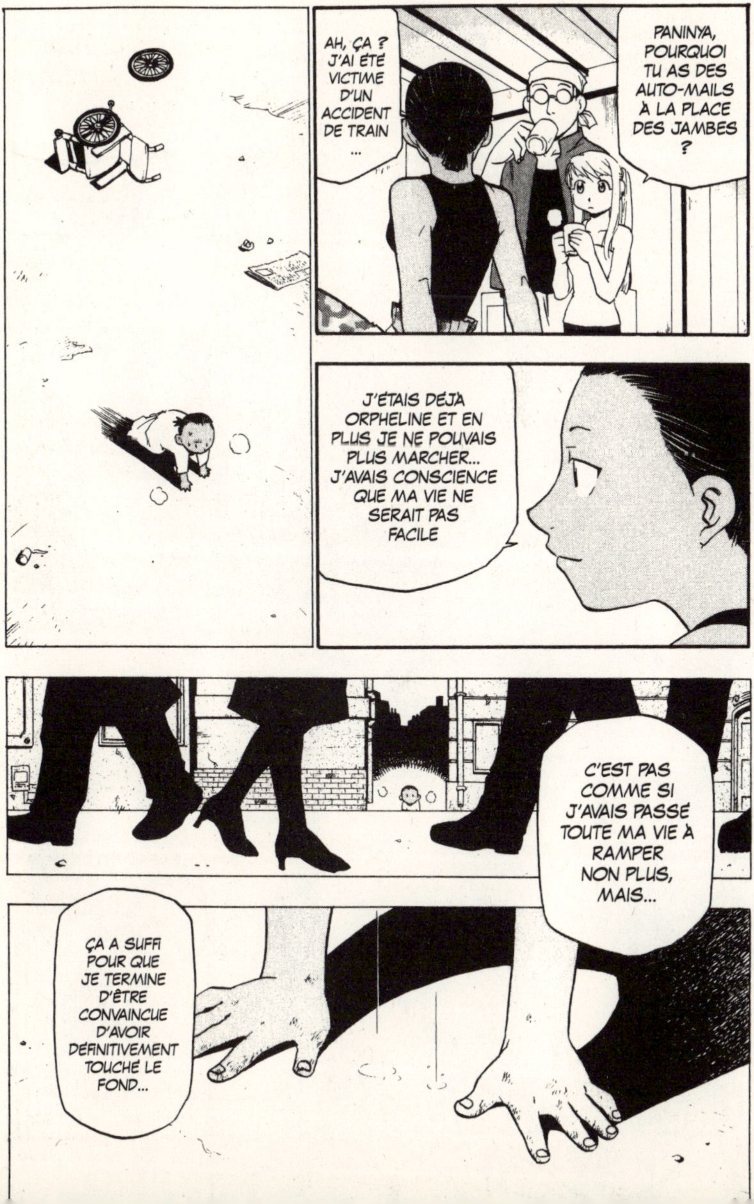
PANINYA, POURQUOI TU AS DES AUTO-MAILS À LA PLACE DES JAMBES ?
AH, ÇA ? J'AI ÉTÉ VICTIME D'UN ACCIDENT DE TRAIN ...
J'ÉTAIS DÉJÀ ORPHELINE ET EN PLUS JE NE POUVAIS PLUS MARCHER... J'AVAIS CONSCIENCE QUE MA VIE NE SERAIT PAS FACILE
C'EST PAS COMME SI J'AVAIS PASSÉ TOUTE MA VIE À RAMPER NON PLUS, MAIS...
ÇA A SUFFI POUR QUE JE TERMINE D'ÊTRE CONVAINCUE D'AVOIR DÉFINITIVEMENT TOUCHÉ LE FOND...

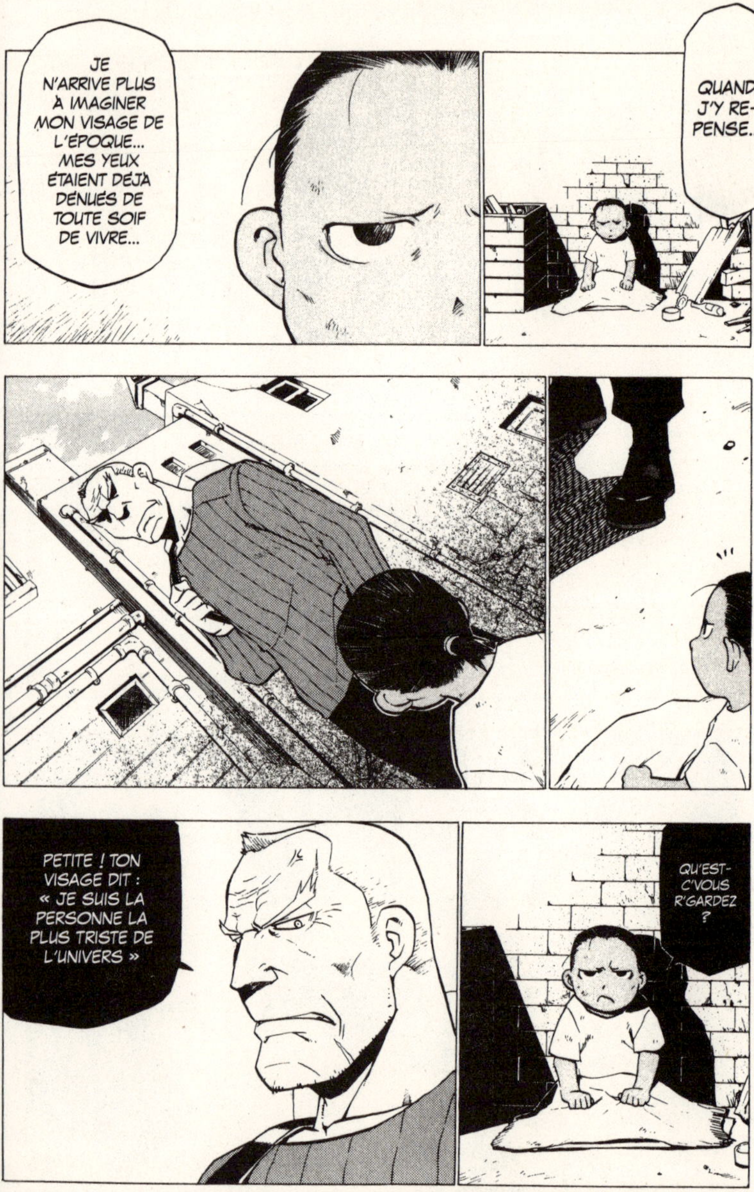
QUAND J'Y RE-PENSE...
JE N'ARRIVE PLUS À IMAGINER MON VISAGE DE L'ÉPOQUE... MES YEUX ÉTAIENT DÉJÀ DÉNUÉS DE TOUTE SOIF DE VIVRE...
QU'EST-C'VOUS R'GARDEZ ?
PETITE ! TON VISAGE DIT : « JE SUIS LA PERSONNE LA PLUS TRISTE DE L'UNIVERS »

DU CALME !!
LÂCHEZ-MOI ! LÂCHEZ-MOI !!
QU'EST-CE QUE VOUS...
ET JE DÉTESTE VOIR DES GENS COMME TOI...
SWOOSH
MAIS ...
JE NE COMPRENAIS PAS VRAIMENT MAIS ON M'A ÉQUIPÉE D'AUTO-MAILS...
L'OPÉRATION M'A FAIT SOUFFRIR ET LA RÉÉDUCATION A ÉTÉ UN VÉRITABLE ENFER...

J'ÉTAIS SI HEUREUSE DE POUVOIR DE NOUVEAU ME TENIR SUR MES DEUX JAMBES !
JE ME SENTAIS ENCORE PLUS PRÈS DU SOLEIL ET DE SA CHALEUR BIENVEILLANTE ...
CES JAMBES M'ONT RENDU LA VOLONTÉ DE VIVRE
AVEC ELLES, JE PEUX ME LEVER, MARCHER ET ALLER OÙ JE VEUX
C'EST POUR ÇA QUE J'AIME BIEN DO-MINIQUE
ET ÉVIDEMMENT, J'ADMIRE TOUS LES GENS QUI FABRIQUENT DES AUTO-MAILS COMME LIDEL OU TOI, WINRY !
C'EST GENTIL ...
ÇA ME FAIT PLAISIR AUSSI...

QUOI ? LE PRIX DE L'OPERA-TION ?
J'EN AI PAS BESOIN ! ÇA ME FERAIT MAL DE RECEVOIR DE L'ARGENT D'UNE GAMINE COMME TOI
EN FAIT...
quoi ?! tout ça ?
tu ne peux pas payer ?!
LE DOCTEUR QUI M'A OPÉRÉE M'A MONTRÉ LE PRIX DES AUTO-MAILS CONS-TRUITS PAR DOMINIQUE, JE N'EN CROYAIS PAS MES YEUX...
Pff
JE COMPRENDS ET DONC TU VIENS ICI POUR ESSAYER DE REMBOURSER PETIT À PETIT...
OUI
MAIS DOMINIQUE N'A JAMAIS VOULU DE MON ARGENT...
FSSSSHHHH
EN PLUS, À CHAQUE FOIS IL EN PROFITE POUR ME FAIRE UNE PETITE RÉVISION MÉCANIQUE...
JE LUI EN SUIS TRÈS REDEVA-BLE...
DIS...
SI VRAIMENT TU AS ENVIE DE LE REMERCIER, TU DEVRAIS ARRÊTER DE VOLER...

MAIS... VOLER C'EST MON MÉTIER... SANS ÇA, JE NE PEUX PAS VIVRE...
MONSIEUR DOMINIQUE T'A OFFERT CES JAMBES EN TOUTE HONNÊTETÉ ...
À TON TOUR MAINTENANT D'ÊTRE HONNÊTE
ALLEZ PAPY... FAIS-MOI UN AUTO-MAIL PLUS LÉGER...
LA FERME !
CLANG CLANG CLANG CLANG
LE VOL EST UN MÉFAIT, PEU IMPORTE CE QUE TU DÉROBES...
GRÂCE À MONSIEUR DOMINIQUE, TU AS PU RETROUVER TA JOIE DE VIVRE ALORS QUE TU ÉTAIS PRESQUE MORTE...
MÊME SI ÇA TE PREND TOUTE TA VIE, TU DEVRAIS TRAVAILLER DUR POUR LE REMERCIER
CLANG
CLANG CLANG
SI EDWARD ÉTAIT LÀ, IL DIRAIT QUE C'EST...
LE PRINCIPE DE L'ÉCHANGE ÉQUIVALENT !

JE VOIS ...
TU AS PEUT-ÊTRE RAISON ...
TRAVAILLER DUR...
C'EST DÉCIDÉ, JE VAIS ARRÊTER DE VOLER !!
JE VAIS LE REMBOUR-SER...
EN TRAVAILLANT SÉRIEU-SEMENT !!
HA !
EN PARLANT DE VOL, J'AI OUBLIÉ DE RENDRE SA MONTRE À EDWARD !
WAH ! C'EST L'INSIGNE DES ALCHIMISTES D'ÉTAT, NON ?!
C'EST LA PREMIÈRE FOIS QUE J'EN VOIS UNE DE SI PRÈS !
HÉ !?
CE GAMIN EST UN ALCHIMISTE D'ÉTAT ?!!
L'HABIT NE FAIT PAS LE MOINE...

ÇA NE S'OUVRE PAS...
EDWARD A JUSTE INSISTÉ POUR QU'ON NE L'OUVRE SURTOUT PAS... JE ME DEMANDE CE QU'IL Y A DEDANS...
« NE L'OUVRE SURTOUT PAS » ?
À MON AVIS, IL Y A CACHÉ QUELQUE CHOSE DONT IL A HONTE...
HO, HO, HO !
À MOI DE JOUER !
SHWING !
J'AIME QUAND ON SE COMPREND !
GRR... IL L'A SCELLÉE AVEC DE L'ALCHIMIE ...
cric cric
TU AS RÉUSSI ?!
CLAP
OUI ! ET VOILÀ LE SECRET QUE VOULAIT CACHER...

Don't forget 3.OCT.11
N'OUBLIE PAS LE 3 OCTOBRE 1911...
QUOI ? C'EST TOUT ?
JE SUIS DÉÇUE ...
CLAP
S'IL TE PLAÎT, RENDS-LA À EDWARD !
WINRY ?
Snirf
JE...

JE VAIS ENCORE DEMANDER À MONSIEUR DOMINIQUE DE DEVENIR MON PROFES-SEUR !
Qu'est-ce qui se passe ?
Je ne sais pas...
PAC PAC PAC PAC PAC PAC PAC
PAC PAC POC POC BAM POC
VLAM
MONSIEUR LIDEL ! DÉPÊCHEZ-VOUS !
VOTRE FEMME VA...
!!?

SATELLA !!
QU'EST-CE QUI SE PASSE ?!
L'ACC... L'ACC...
QUOI ? L'ACCORDÉON ?!
L'ACCOUCHEMENT !!
MAIS C'EST TROP TÔT ! IL RESTE ENCORE DEUX SEMAINES !
DÉJÀ CET APRÈS-MIDI JE ME SENTAIS MAL... MAIS JE PENSAIS QUE CE N'ÉTAIT PAS POUR TOUT DE SUITE... DONC...
QU'EST-CE QU'IL Y A ?!
VLAM

HA ! LÀ ! LÀ ! LÀ ! LÀ ! LÀ ! LÀ !
ON SE CALME LES ENFANTS ...
Pfff
ON VA NOUS LIVRER UN BÉBÉ !!
MON PETIT-FILS !
FAIS ATTENTION À TOI, PAPA !
CLOP CATACLOP CLOP
AVEC UNE PLUIE PAREILLE ON NE PEUT PAS L'EMMENER À L'HÔPITAL !
JE VAIS ALLER CHERCHER UN DOCTEUR !!
PSSSSHHHIIIII
PAS DE PROBLÈME, PAPA VA RAMENER UN DOCTEUR !
DONC, TOUT LE MONDE SE CALME !
HEU... D'ACCORD !!
FLASH
ATTENDRE... JE VEUX BIEN MAIS S'IL VEUT SORTIR... IL SORTIRA...
Ha ! Ha !
IL FAUT QUE TU ATTENDES QUE LE DOCTEUR ARRIVE...
ÇA IRA ?
Pff
Pff
VLAM
S'AGITER NE RÉSOUT JAMAIS RIEN...

LE PONT ...
C'EST PAS POSSIBLE ?!

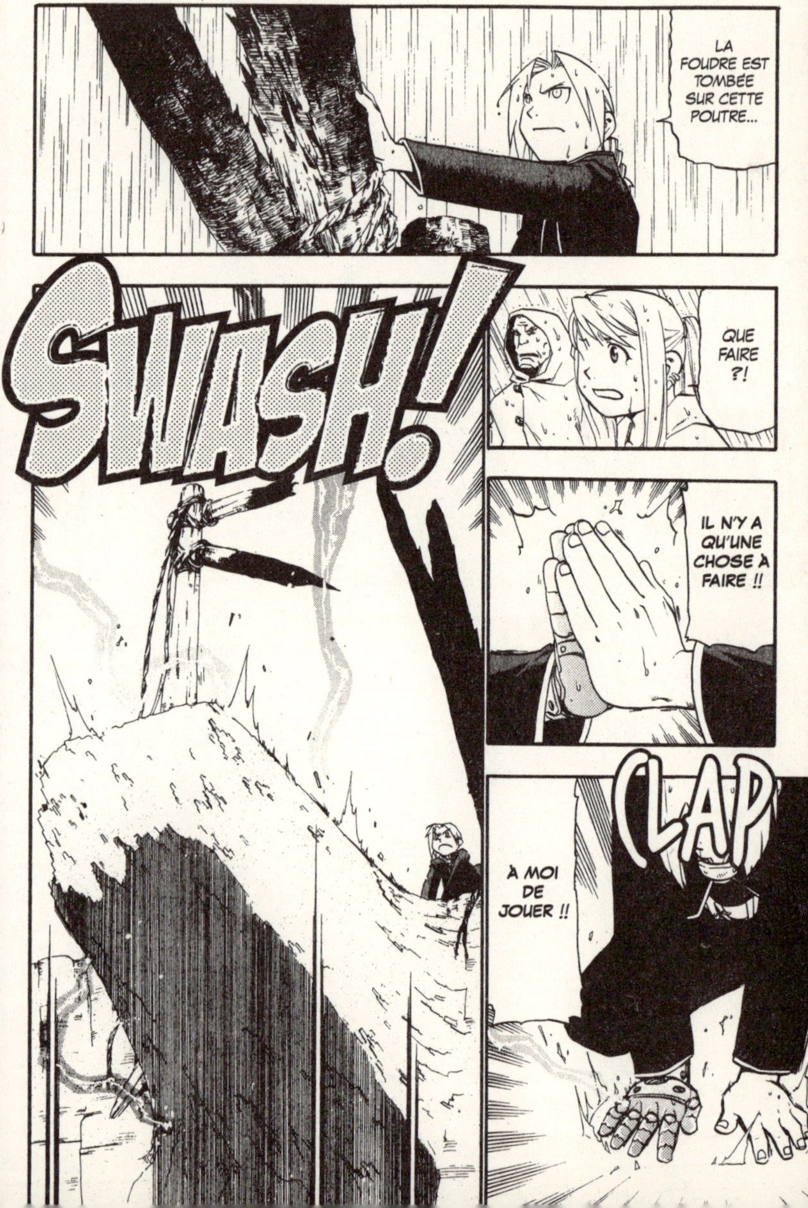
LA FOUDRE EST TOMBÉE SUR CETTE POUTRE...
QUE FAIRE ?!
IL N'Y A QU'UNE CHOSE À FAIRE !!
CLAP
À MOI DE JOUER !!
SWASH!

JE VOIS ! BONNE IDÉE !
CRISH CRRISSHH CRISSH
C'EST PARTI !!
CRISH CRISH CRISH

CRIIISSH
!!?
CRISH
CRISH
CRAC
BLAM
TU T'EN SORS ?
SHLAC
ET M...

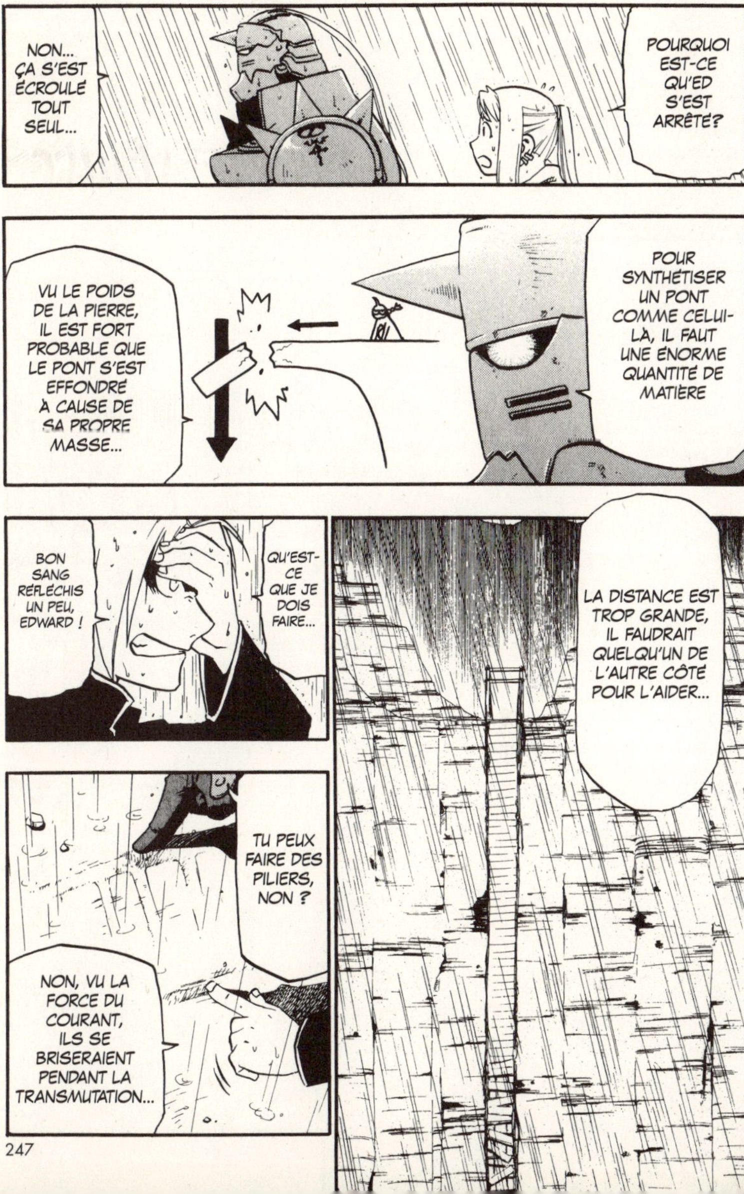
POURQUOI EST-CE QU'ED S'EST ARRÊTÉ?
NON... ÇA S'EST ÉCROULÉ TOUT SEUL...
POUR SYNTHÉTISER UN PONT COMME CELUI-LÀ, IL FAUT UNE ÉNORME QUANTITÉ DE MATIÈRE
VU LE POIDS DE LA PIERRE, IL EST FORT PROBABLE QUE LE PONT S'EST EFFONDRÉ À CAUSE DE SA PROPRE MASSE...
LA DISTANCE EST TROP GRANDE, IL FAUDRAIT QUELQU'UN DE L'AUTRE CÔTÉ POUR L'AIDER...
QU'EST-CE QUE JE DOIS FAIRE...
BON SANG RÉFLÉCHIS UN PEU, EDWARD !
TU PEUX FAIRE DES PILIERS, NON ?
NON, VU LA FORCE DU COURANT, ILS SE BRISERAIENT PENDANT LA TRANSMUTATION...

EN PLUS, IL FAUT FAIRE ATTENTION À LA LOI DE CONSERVATION DE LA MATIÈRE...
J'AI PEUR QU'IL N'Y AIT PAS ASSEZ DE MATIÈRE PREMIÈRE POUR CONSTRUIRE UN PONT
C'EST TOUTE LA FALAISE QUI RISQUERAIT DE S'EFFONDRER !
IL DOIT BIEN Y AVOIR UNE SOLUTION !
PSSHIII
C'EST TROP TARD
IL NE FAUT PAS RESTER ICI !
AVEC DE L'ORAGE, CET ENDROIT PEUT ÊTRE TRÈS DANGEREUX
IL Y A UN CHEMIN ABANDONNÉ QUI MÈNE À LA VILLE EN PASSANT PAR LES MONTAGNES
ÇA PRENDRA PLUS DE TEMPS, MAIS CERTAINEMENT MOINS QUE D'ATTENDRE LA FIN DE VOTRE DISCUSSION...
RENTREZ VOUS METTRE À L'ABRI ET AIDEZ SATELLA DU MIEUX POSSIBLE...

CLOP
CLOP
CLOP
À PLUS TARD
PSSHHHHH
ALCHI-MISTE D'ÉTAT...
ARME HUMAINE... QUE DE FOUTAI-SES...
À CHAQUE FOIS QU'ON A VRAIMENT BESOIN DE MOI
JE SUIS TOTA-LEMENT INUTILE

WINRY !!
QU... QU... QU'EST-CE QUE JE DOIS FAIRE ! SATELLA A UNE FUITE D'EAU !!
DE L'EAU ?
C'EST NORMAL... EUH... JE CROIS QUE C'EST LA RUPTURE DE LA POCHE AMNIOTIQUE
ET QU'EST-CE QUE ÇA VEUT DIRE ?!
...ÇA VEUT DIRE QUE LE BÉBÉ VA PAS TARDER À ARRIVER...
QUOI ? MON DIEU ! MON DIEU ! QU'EST-CE QU'ON VA FAIRE ?!
HA ! LÀ ! LÀ ! LÀ ! LÀ ! LÀ ! LÀ ! LÀ !

CLAP
CRISH
CRISH
MONSIEUR LIDEL, PAR ICI !
QUOI ?!
HUM...
ELLE EST DU GENRE TÊTU...
C'EST VRAIMENT LA SEULE SOLUTION...

TU ES SÛRE !?
TU AS DÉJÀ ASSISTÉ À UN ACCOUCHEMENT ?
NON, JAMAIS !!
MAIS LE TEMPS PRESSE !
Je vous prends ce tablier !
C'EST PARTI !
ON VA METTRE CE BÉBÉ AU MONDE !
PRÉPAREZ-VOUS TOUS !
IL EST TROP TARD POUR RECULER MAINTENANT !
T'AS PAS L'AIR SUPER-CONVAINCU EN DISANT ÇA...

CHAPITRE 19
À VOTRE PLACE...

PSSSSHHHHIIIIIIII
ED ET AL, VOUS FAITES BOUILLIR DE L'EAU !
EUH... BEAUCOUP ?
OUI, BEAUCOUP !
PANINYA, TROUVE LE PLUS DE SERVIETTES POSSIBLE
MONSIEUR LIDEL, VOUS AVEZ DE L'ALCOOL À DÉSINFECTER ?
PAC
PAC
PAC
PAC
ET APPORTEZ DE L'EAU FRAÎCHE À VOTRE FEMME !
PAC PAC
TU... TU PENSES QUE ÇA VA ALLER ?
ON VA S'EN SORTIR, HEIN ?
PAC PAC
J'ESPÈRE QUE WINRY SAIT CE QU'ELLE FAIT...

WINRY EST ISSUE D'UNE LONGUE LIGNÉE DE DOCTEURS...
ELLE A PASSÉ TOUTE SON ENFANCE ENTOURÉE DE LIVRES DE MÉDECINE, UN PEU COMME NOUS POUR L'ALCHIMIE...
ÇA NE VEUT PAS DIRE QU'ELLE LES A VRAIMENT ÉTUDIÉ...
TU AS RAISON, C'EST PEUT-ÊTRE UN VAGUE SOUVENIR POUR ELLE...
QUOI ?!
MAIS ...
POUR LE MOMENT ON NE PEUT QUE COMPTER SUR SA MÉMOIRE ET NOTRE COURAGE !
FAIRE BOUILLIR DE L'EAU...
DÉSINFECTION ...
ET APRÈS, C'EST QUOI DÉJÀ ?
SOUVIENS-TOI !
Cling
Cling
SOUVIENS-TOI !
WINRY !!

FAIS DE TON MIEUX !
OUI !
CLIC
PANINYA, TU PEUX VENIR M'AIDER ?
B... BIEN... SÛR...
VLAM

J'AI MAL !! J'AI MAL !! AÏÏÏEEE !!
JE VAIS MOURIR ! J'AI MAL !!
BRRR
BRRRR
AAAHH ...!!
ÇA FAIT MAL !!
J'AI HONTE D'AVOUER ÇA MAIS JE SUIS COMPLÈTEMENT TERRIFIÉ
MOI AUSSI ...
DANS CES MOMENTS-LÀ, IL N'Y A QU'UNE CHOSE À FAIRE...
PRIER POUR QUE TOUT SE PASSE BIEN...
J'AI HONTE DE MOI ...

PISSSSSHHHHHH!!!!!!!!
GNNII

CLANG
EDWARD !!
EUH... ÇA VA ?
PFF...
IL Y A DU SANG ...
DU SANG PARTOUT...
C'EST PAS BON... JE...
QU'EST-CE QUI SE PASSE ?!

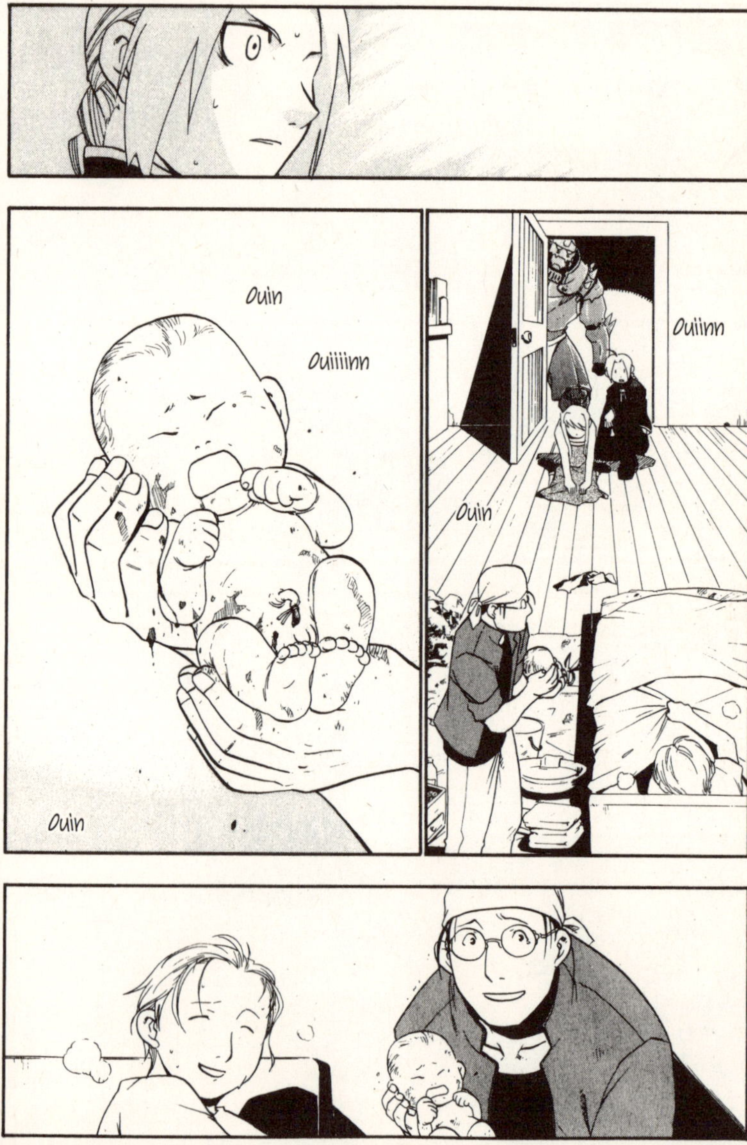
Ouiinn
Ouin
Ouin
Ouiiiinn
Ouin

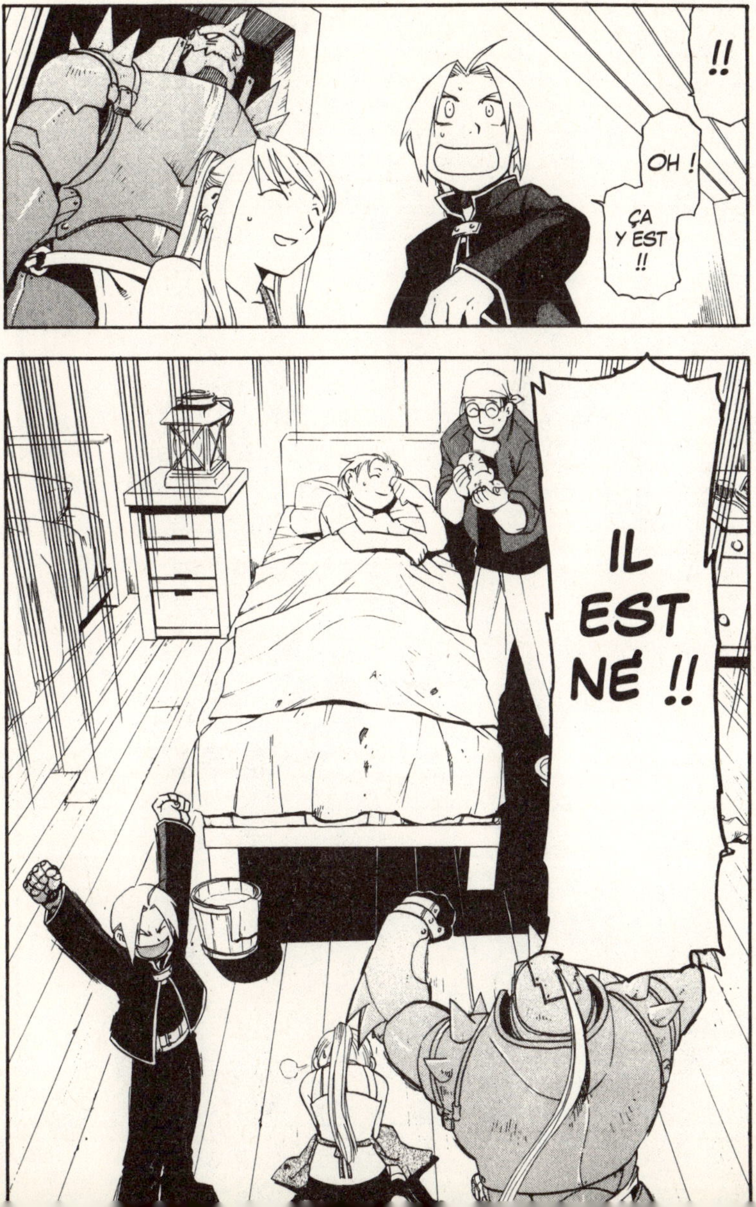
!!
OH !
ÇA Y EST !!
IL EST NÉ !!

BEN ALORS, NOUS FAIT PAS FLIPPER COMME ÇA !
HAHAHA HAHA
LE SANG ...
JE NE SUPPORTE PAS LA VUE DU SANG...
FÉLICITATIONS SATELLA !!
BRAVO À TOI AUSSI WINRY !
DÉPÊCHEZ-VOUS, IL FAUT LE NETTOYER !
AH, OUI ! C'EST VRAI !
Papa va faire prendre un bain à son boutchou ! la la la !
C'EST VRAIMENT GÉNIAL D'ASSISTER À UNE NAISSANCE !
GÉNIAL ! GÉNIAL !!
ARRÊTE DE DIRE « GÉNIAL », ON DIRAIT UN GOSSE !
JE SAIS, MAIS C'EST IMPRESSIONNANT, NON ?

DES CENTAINES D'ANNÉES DE RECHERCHE EN ALCHIMIE N'ONT TOUJOURS PAS PERMIS DE CRÉER UN ÊTRE HUMAIN...
MAIS LE PROCESSUS NATUREL CHEZ LA FEMME NE PREND QUE 280 JOURS...
Vous voulez de l'aide ?
C'EST VRAIMENT TERRE-À-TERRE DE MÉLANGER L'ALCHIMIE ET LES MIRACLES DE LA NATURE...
OUPS !!
JE SUIS DÉSOLÉ, DÉFORMATION PROFESSIONNELLE...
OUI ... AU FINAL, C'EST GÉNIAL...
LES HUMAINS SONT VRAIMENT SUPER

C'ÉTAIT PRODIGIEUX !
TOI AUSSI T'AS ÉTÉ GÉNIALE !
HA, HA ! CONTINUE À ME FLATTER, J'AIME ÇA !
WINRY ! MAINTE-NANT QUE LE BÉBÉ EST NÉ...
TU CROIS QUE JE PEUX ME RENDRE UTILE ?
ARRRGGHH... DU SANG...
OUI ! ET POUR COMMEN-CER...
GNIC
... AIDE-MOI À ME RELEVER !
QUOI ?
JE SUIS SI FATIGUÉE QUE J'EN AI LES JAMBES COUPÉES...
Pff

J'AI UN PEU HONTE DE ME FAIRE TRANS-PORTER PAR QUELQU'UN DE PLUS PETIT QUE MOI...
CONTINUE ET JE TE LAISSE TOMBER !
C'EST PAS SYMPA...
grr grr
...
DIT...
QUOI ?!
J'AI... J'AI REGARDE ...
À L'INTÉRIEUR DE TA MONTRE EN ARGENT ...
PLAC
BLAM

AÏEUH
ÇA VA PAS LA TÊTE ?!
TU L'AS FORCÉE POUR L'OUVRIR ?!
DÉSO-LÉE...
JE SUIS DÉSOLÉE ...
ESPÈCE D'IMBÉ-CILE...

MÊME AL NE L'A JAMAIS VUE...
POURQUOI ?
C'EST QUELQUE CHOSE QUE JE GARDE SECRET...
COMME UNE PREUVE DE MA DÉTERMINATION ET DU CHEMIN QUE J'AI CHOISI...
CE N'EST PAS TRÈS GLORIEUX... MAIS C'EST AINSI...

POURQUOI TU PLEURES ?
VU QUE VOUS DEUX NE PLEUREZ JAMAIS... JE LE FAIS À VOTRE PLACE...
...
IDIOTE ...

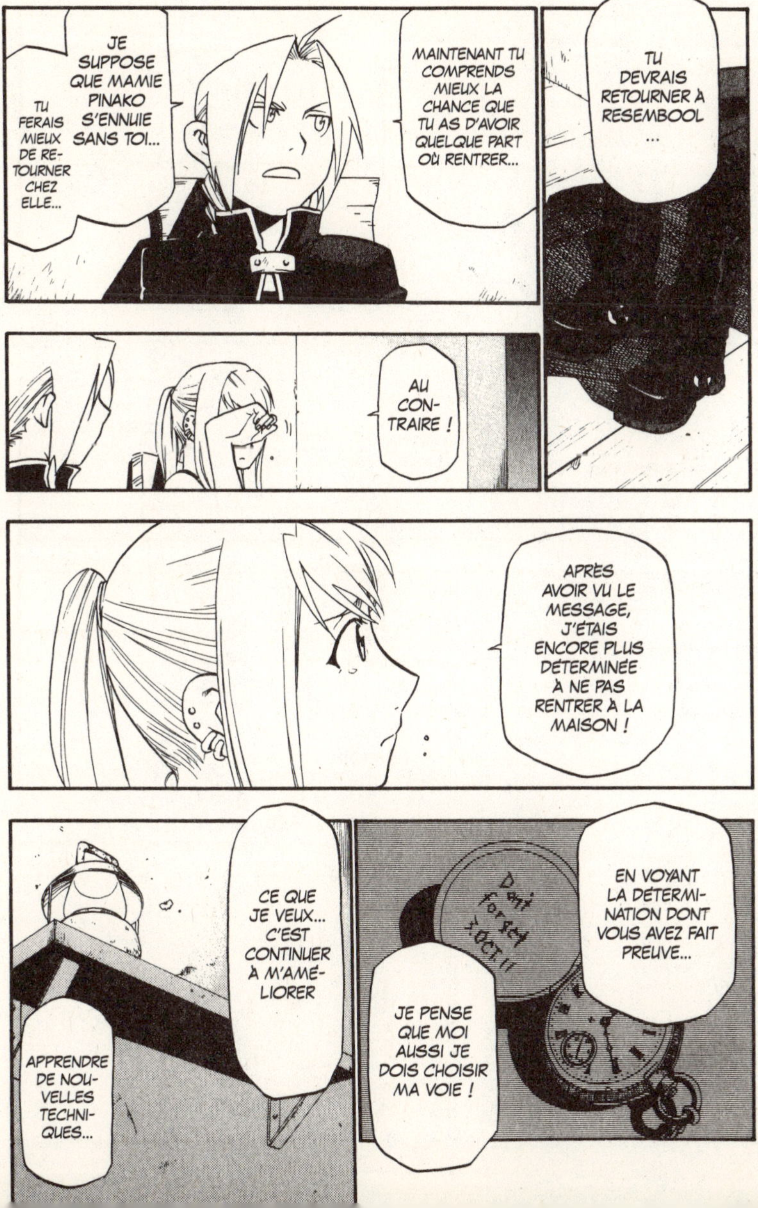

TU DEVRAIS RETOURNER À RESEMBOOL ...
MAINTENANT TU COMPRENDS MIEUX LA CHANCE QUE TU AS D'AVOIR QUELQUE PART OÙ RENTRER...
JE SUPPOSE QUE MAMIE PINAKO S'ENNUIE SANS TOI...
TU FERAIS MIEUX DE RETOURNER CHEZ ELLE...
AU CONTRAIRE !
APRÈS AVOIR VU LE MESSAGE, J'ÉTAIS ENCORE PLUS DÉTERMINÉE À NE PAS RENTRER À LA MAISON !
EN VOYANT LA DÉTERMINATION DONT VOUS AVEZ FAIT PREUVE...
Dont forget 3.OCT.11
JE PENSE QUE MOI AUSSI JE DOIS CHOISIR MA VOIE !
CE QUE JE VEUX... C'EST CONTINUER À M'AMÉLIORER
APPRENDRE DE NOUVELLES TECHNIQUES...

POUR AU FINAL...
T'AIDER DU MIEUX POSSIBLE EN TE FOURNISSANT LE MEILLEUR DE MOI-MÊME : L'AUTO-MAIL LE PLUS PERFORMANT QUE TU PUISSES TROUVER...
JE VAIS REDEMANDER À MONSIEUR DOMINIQUE DE DEVENIR MON MAÎTRE !
JE VOIS ...
BONNE CHANCE !
MERCI !!
BON, À L'AUTRE MAINTE-NANT !
HÉ PANINYA ! TU TE RÉVEILLES ?!
Gne

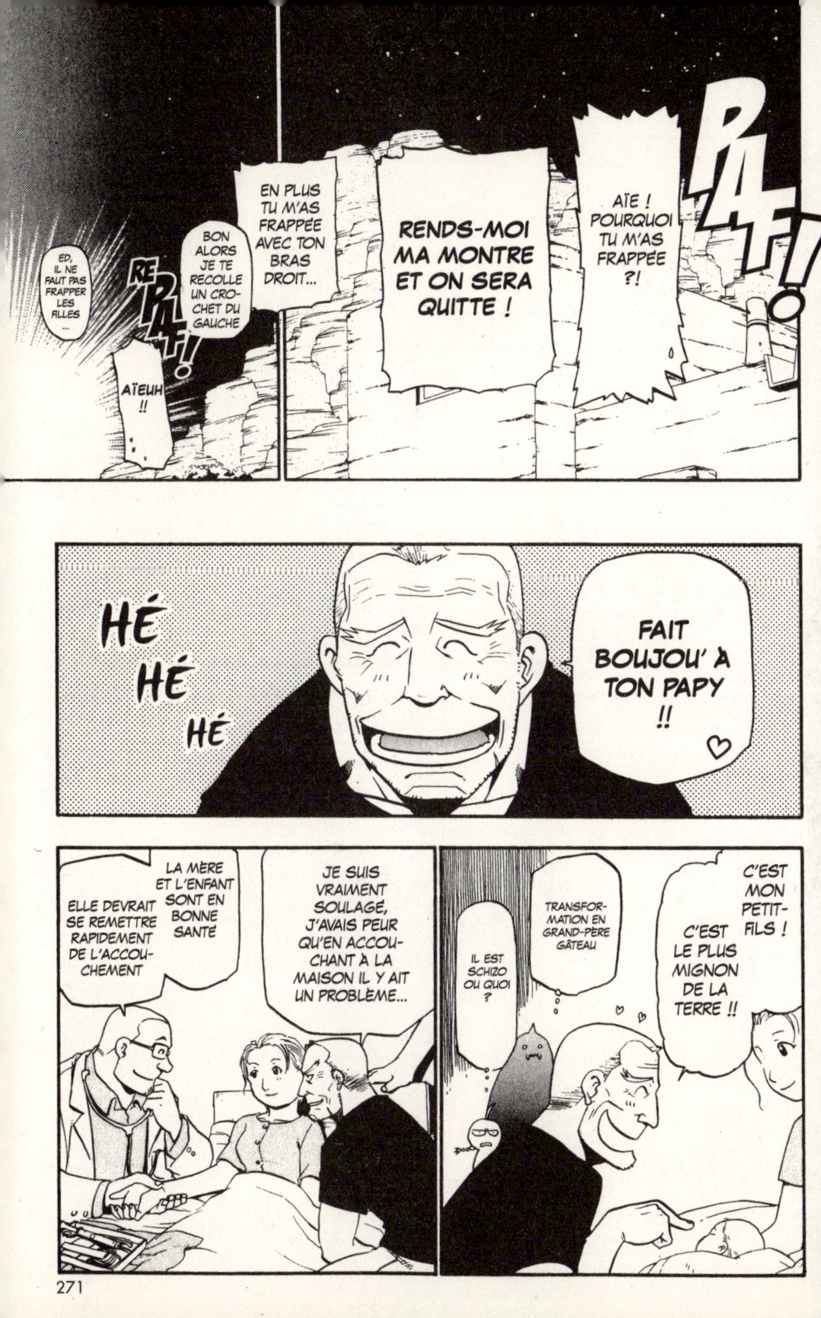
PAF !
AÏE ! POURQUOI TU M'AS FRAPPÉE ?!
RENDS-MOI MA MONTRE ET ON SERA QUITTE !
EN PLUS TU M'AS FRAPPÉE AVEC TON BRAS DROIT...
BON ALORS JE TE RECOLLE UN CROCHET DU GAUCHE
REPAF !
AÏEUH !!
ED, IL NE FAUT PAS FRAPPER LES FILLES ...
FAIT BOUJOU' À TON PAPY !!
HÉ HÉ HÉ
C'EST MON PETIT-FILS !
C'EST LE PLUS MIGNON DE LA TERRE !!
TRANSFORMATION EN GRAND-PÈRE GÂTEAU
IL EST SCHIZO OU QUOI ?
JE SUIS VRAIMENT SOULAGÉ, J'AVAIS PEUR QU'EN ACCOUCHANT À LA MAISON IL Y AIT UN PROBLÈME...
LA MÈRE ET L'ENFANT SONT EN BONNE SANTÉ
ELLE DEVRAIT SE REMETTRE RAPIDEMENT DE L'ACCOUCHEMENT

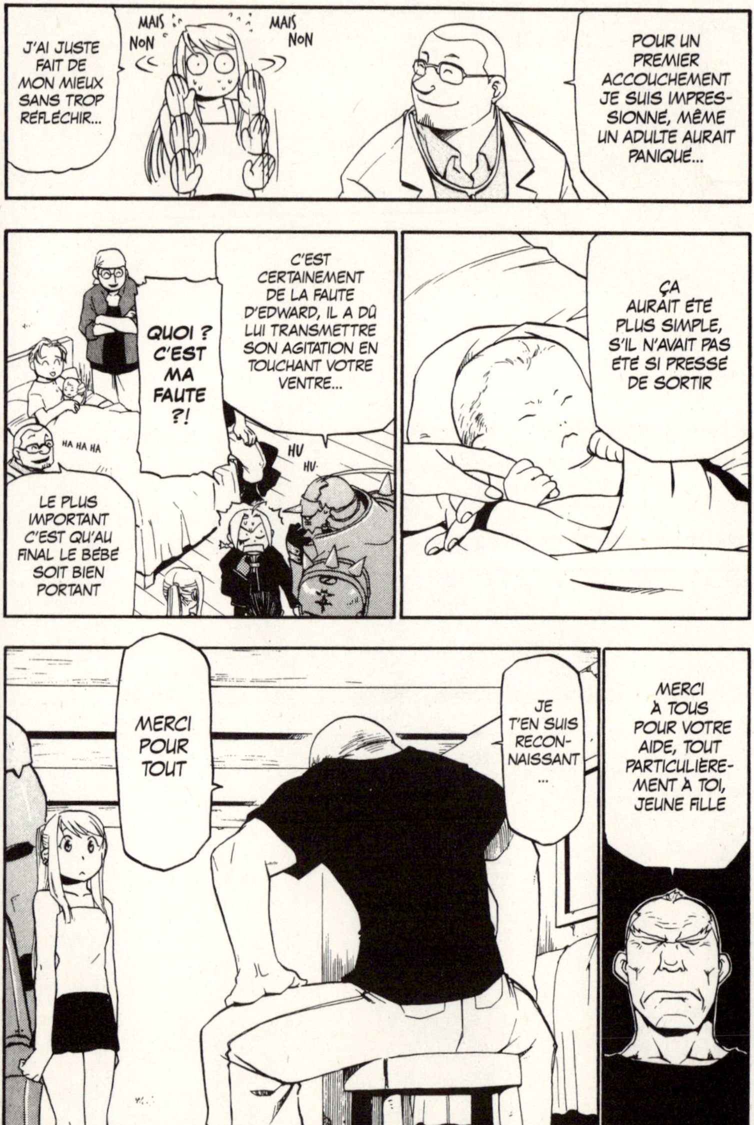

POUR UN PREMIER ACCOUCHEMENT JE SUIS IMPRESSIONNÉ, MÊME UN ADULTE AURAIT PANIQUÉ...
MAIS NON
MAIS NON
J'AI JUSTE FAIT DE MON MIEUX SANS TROP RÉFLÉCHIR...
ÇA AURAIT ÉTÉ PLUS SIMPLE, S'IL N'AVAIT PAS ÉTÉ SI PRESSÉ DE SORTIR
C'EST CERTAINEMENT DE LA FAUTE D'EDWARD, IL A DÛ LUI TRANSMETTRE SON AGITATION EN TOUCHANT VOTRE VENTRE...
QUOI ? C'EST MA FAUTE ?!
HU
HU
HA HA HA
LE PLUS IMPORTANT C'EST QU'AU FINAL LE BÉBÉ SOIT BIEN PORTANT
MERCI À TOUS POUR VOTRE AIDE, TOUT PARTICULIÈREMENT À TOI, JEUNE FILLE
JE T'EN SUIS RECONNAISSANT ...
MERCI POUR TOUT

JE NE MÉRITE PAS TANT DE COMPLIMENTS, VRAIMENT...
DING
hi hi hi hi
ALORS PATRON ...
...TOUJOURS PAS DÉCIDÉ À LA PRENDRE EN TANT QU'ÉLÈVE ?
HORS DE QUESTION
JE VOUS SUIS REDEVABLE POUR L'ACCOUCHEMENT MAIS ÇA N'A RIEN À VOIR
JE NE PRENDS PAS D'ÉLÈVES
ET PUIS, CETTE JEUNE FILLE A CERTAINEMENT UNE FAMILLE QUI A HÂTE DE LA REVOIR
ELLE NE DEVRAIT PAS LES FAIRE ATTENDRE PLUS LONGTEMPS...

...
IL EST VRAIMENT BORNÉ !
IL A RAISON, MAMIE PINAKO DOIT ÊTRE TRISTE TOUTE SEULE À RESEMBOOL
Grr
BLAM
PI... PINAKO... DE... RESEMBOOL ...?
?
EUH, OUI... PINAKO ROCKBELL, C'EST MA GRAND-MÈRE. POURQUOI ?
PAC PAC
PACPACPACPAC
BLAM

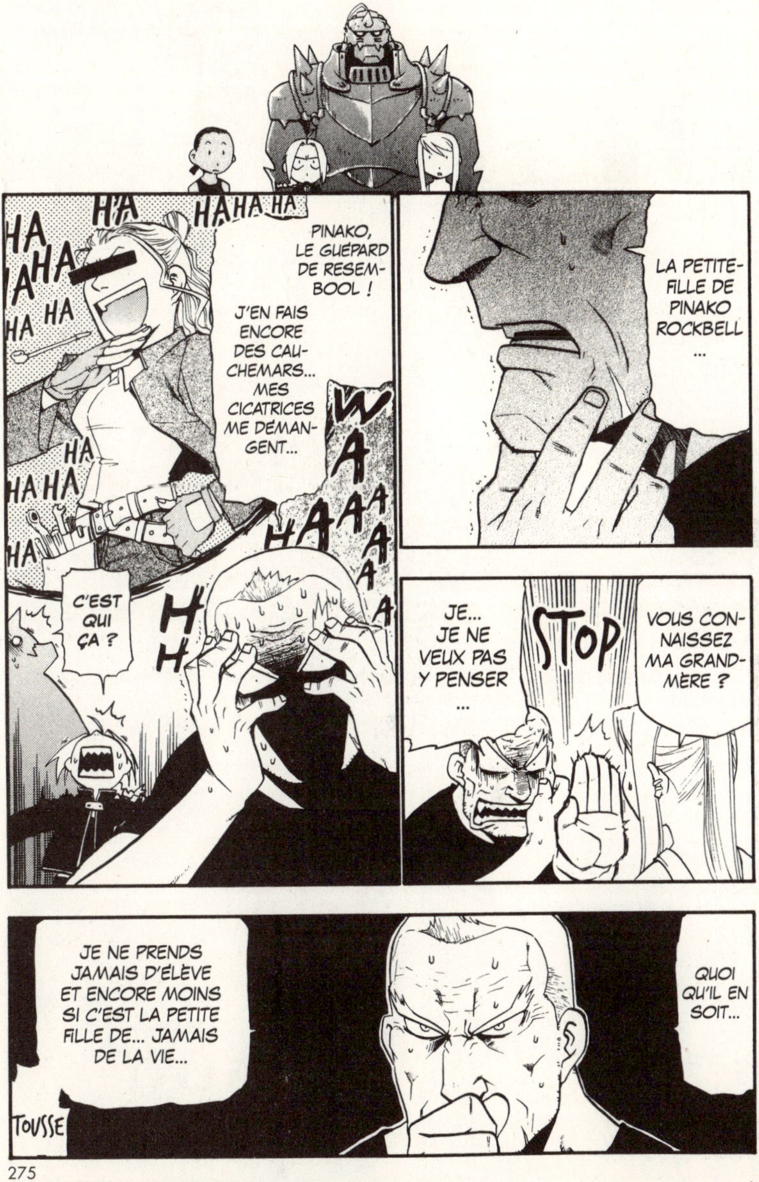

LA PETITE-FILLE DE PINAKO ROCKBELL ...
HA HA HA HA HA HA HA HA HA HA HA HA HA
PINAKO, LE GUÉPARD DE RESEMBOOL !
J'EN FAIS ENCORE DES CAUCHEMARS... MES CICATRICES ME DÉMANGENT...
WAAAAAAAAAA
C'EST QUI ÇA ?
VOUS CONNAISSEZ MA GRAND-MÈRE ?
STOP
JE... JE NE VEUX PAS Y PENSER ...
QUOI QU'IL EN SOIT...
JE NE PRENDS JAMAIS D'ÉLÈVE ET ENCORE MOINS SI C'EST LA PETITE FILLE DE... JAMAIS DE LA VIE...
TOUSSE

BON
SI TU TIENS VRAIMENT À ÉTUDIER, JE VAIS TE PRÉSENTER À UN TRÈS BON FABRICANT QUI HABITE EN VILLE
POF
ET JE POURRAI VOUS RENDRE VISITE DE TEMPS EN TEMPS POUR VOIR VOTRE TRAVAIL ?
UMPF
SI C'EST POUR ME DERANGER, PAS LA PEINE DE VENIR...
CEPEN-DANT...
Grat Grat
N'HÉSITE PAS À VENIR DIRE BONJOUR À MON PETIT-FILS SI TU VEUX...
ET POUR L'AUTRE PETITE CHAPAR-DEUSE...
SI TU CESSES TES TOURS PENDABLES, TU POURRAS VENIR AVEC WINRY
IL N'EST PAS SI MÉCHANT

SI VOUS CONTINUEZ SUR CETTE ANCIENNE ROUTE, VOUS ALLEZ ARRIVER À SOUTH HOOD
SOUTH HOOD
RUSH VALLEY
IL Y A UNE DILIGENCE QUI VOUS CONDUIRA DIRECTEMENT À RUSH VALLEY
ET PRÉVENEZ LES GENS QUE LE PONT SUSPENDU EST CASSÉ, IL FAUT LE RÉPARER
Voilà un casse-croûte
PAS DE PRO-BLÈME !
Merci
ON VA ENCORE SE TAPER DES CHEMINS ESCARPÉS ...
J'EN SUIS FATIGUÉ D'AVANCE ...
ARRIVÉS À RUSH VALLEY, ALLEZ VOIR UN MÉCANO RÉPONDANT AU NOM DE GARFIEL
IL EST DOUÉ ET J'AI ENTENDU DIRE QU'IL CHERCHAIT UN ASSIS-TANT
RUSH VALLEY
MERCI BEAUCOUP
AU REVOIR !
SALUT !!

TCHOUU
RUSH
VITE ! LE TRAIN VA PARTIR !!
ALPHONSE ! COURS !!
TCHOU
TCHOU
TCHO
AU REVOIR !!
BYE BYE !
FAITES BIEN ATTENTION À VOUS !
SWOSH
OUI, TOI AUSSI !
BONNE CHANCE POUR TES ÉTUDES !

HOP LÀ !
PLAC
TOUDOUM
ET JE PENSE QUE MAMIE S'INQUIÈTE AUSSI !
DONC TÉLÉPHONE-LUI DE TEMPS À AUTRE !!
DOUM
DOUM
C'EST À MOI DE TE DIRE ÇA !!
HA, HA, HA, HA !
ET ESPIONNE BIEN TOUS LES SECRETS DU VIEUX POUR ME FAIRE UN AUTO-MAIL ENCORE PLUS PERFORMANT LA PROCHAINE FOIS !
COMPTE SUR MOI !!

AH ? TU ES À RUSH VALLEY...
OUI
OUI
NE T'INQUIÈTE PAS, JE VAIS RESTER ICI UN PETIT PEU POUR ÉTUDIER
DONC EDWARD ET ALPHONSE SONT PARTIS POUR VOIR LEUR MAÎTRE...
ILS ONT VRAIMENT LA BOUGEOTTE CES DEUX-LÀ
FAIS BIEN ATTENTION À TOI
CLING

HUM...
CETTE MAISON ME SEMBLE BIEN VIDE...
Pfiou
PAC PAC PAC PAC PAC
POUF
QU'EST-CE QUE TU VEUX ?
JE NE ME SENS PAS SEULE ! C'EST BON !!
C'EST PAS DIEU POSSIBLE...

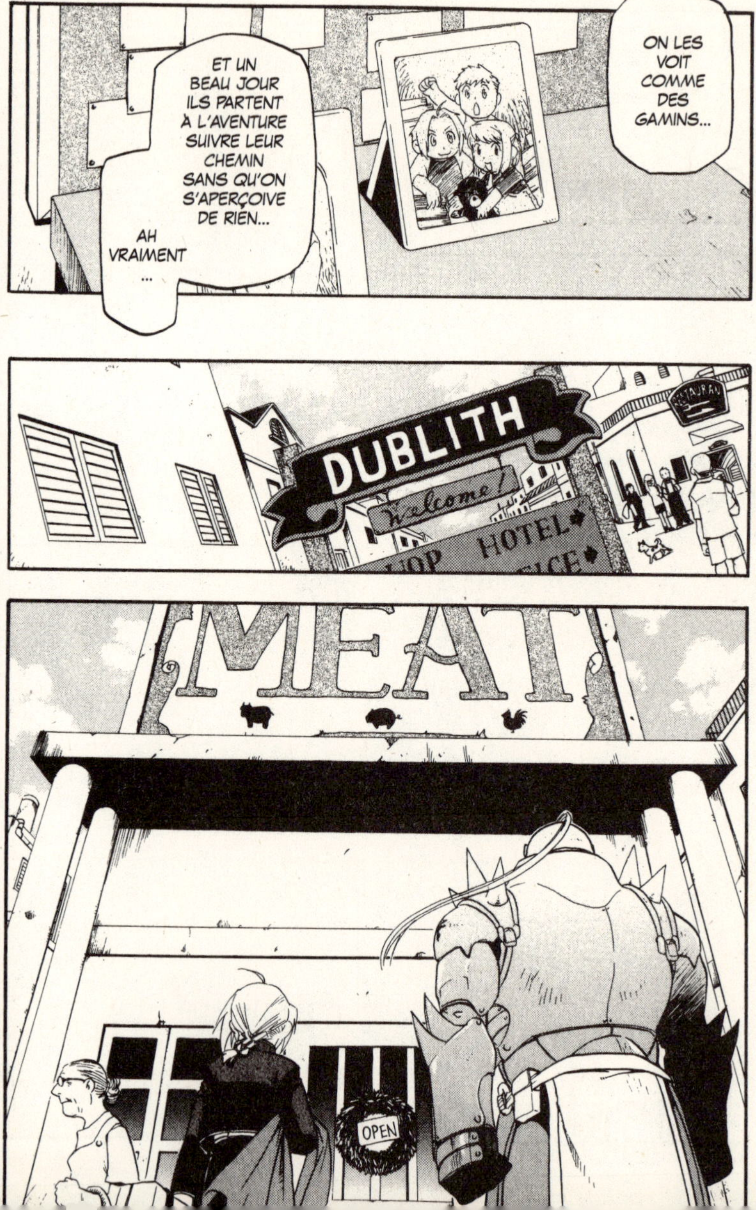
ON LES VOIT COMME DES GAMINS...
ET UN BEAU JOUR ILS PARTENT À L'AVENTURE SUIVRE LEUR CHEMIN SANS QU'ON S'APERÇOIVE DE RIEN...
AH VRAIMENT ...
DUBLITH
Welcome!
HOTEL
MEAT
OPEN

ENFIN ...
NOUS SOMMES ARRIVÉS...
FSSSHHHH
OUI ...
MAIS ...
J'ESPÈRE QU'IL N'Y A PERSONNE ...
FSSSHIIII
OUI !!
ALLEZ-Y !! ENTREZ ! ENTREZ !!
VOUS VOULEZ UN RENSEIGN...
DOM DOM DOM DOM
OH, MAIS SI C'EST PAS EDWARD QUE V'LÀ !
ÇA FAIT UN BAIL !
HA... HEU... MEISSON !?
BONJOUR ...

PAF
PAF
PAF
HA, HA, HA ! TU AS BIEN GRANDI, DIS-MOI !!
JE NE SAIS PAS COMMENT LE PRENDRE ...
ET QUI EST DANS CETTE ARMURE GÉANTE ?
C'EST MOI, ALPHONSE
ça fait long-temps...
TOI AUSSI... TU AS BIEN GRANDI...
OUI
VOUS ÊTES VENUS VOIR IZUMI ?
BOUGEZ-PAS, JE VAIS L'APPELER !
OPEN
VOUS TOMBEZ BIEN !
LA SEMAINE DERNIÈRE ON ÉTAIT FERMÉ POUR VACANCES, ON A ROUVERT IL Y A QUELQUES JOURS
JE CROIS QU'ON AURAIT PRÉFÉRÉ QUE ÇA SOIT ENCORE FERMÉ...

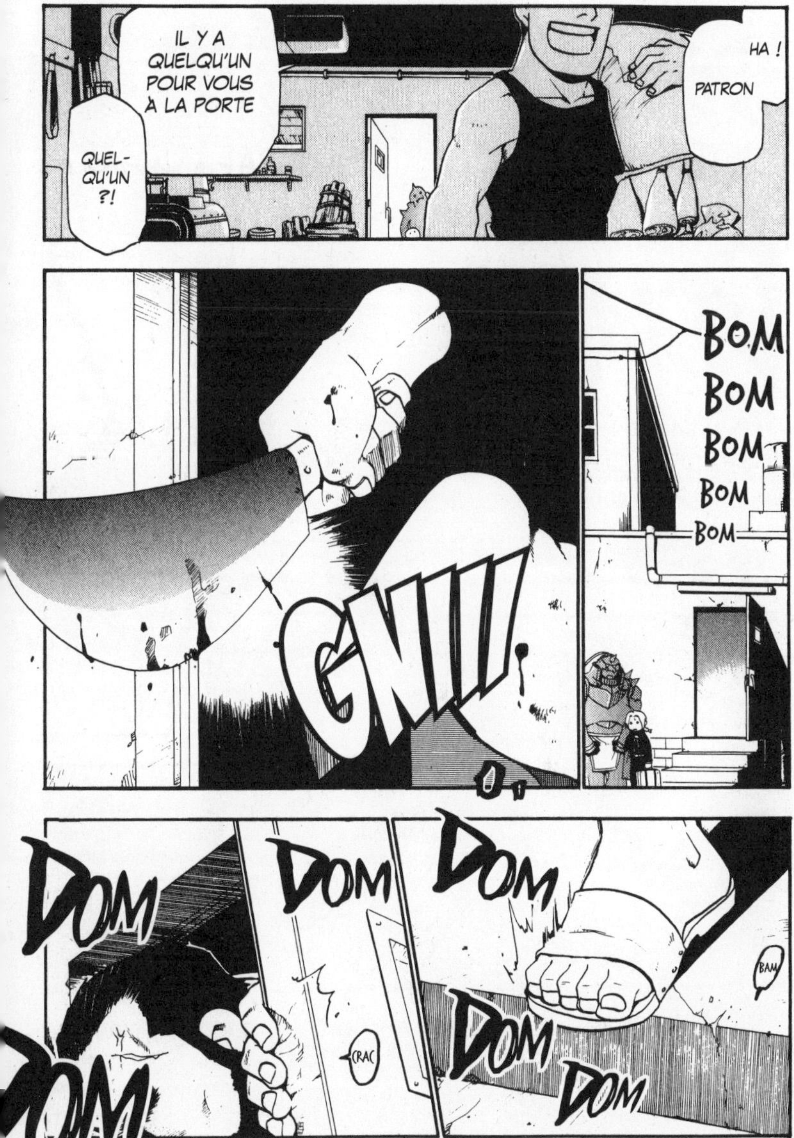
HA ! PATRON
IL Y A QUELQU'UN POUR VOUS À LA PORTE
QUEL-QU'UN ?!
BOM BOM BOM BOM BOM
GNIII
DOM
BAM
DOM
DOM
CRAC
DOM
DOM
DOM

DOM
DOM
DOM
DOM
DOM
DOM
HUM ?
BON ...
BONJOUR... C'EST NOUS...

QUAND JE ME SOUVIENS DE MON ENFANCE, LA PREMIÈRE PENSÉE QUI ME VIENT À L'ESPRIT, C'EST LUI, EN TRAIN D'ÉTUDIER DANS SON BUREAU...
IL ÉTAIT ALCHIMISTE ET JE N'AI PAS SOUVENIR D'UNE QUELCONQUE ATTENTION À NOTRE ÉGARD COMME L'AURAIT FAIT UN PARENT NORMALE-MENT...
LE JOUR OÙ IL EST PARTI DE LA MAISON, J'AI DE-MANDÉ À MAMAN POURQUOI IL NOUS QUITTAIT. ELLE M'A RÉPONDU « C'EST LA VIE » AVEC UN SOURIRE QUI CACHAIT MAL SA PROFONDE TRISTESSE
MAMAN EST TOMBÉE MALADE PEU DE TEMPS APRÈS... PUIS ELLE EST MORTE

CHAPITRE 20
UN MAÎTRE
TERRIFIANT !

FULLMETAL
ALCHEMIST

DOM DOM
DOM DOM
DOM
...
C'EST TOI, ED ?
DOM
DOM DOM
...
SWASH
CLING

CLAP
BIEN-VENUE
GRAT GRAT
TU AS GRANDI, NON ?
PAT PAT PAT
IL M'ÉCRASE...
ET VOUS ÊTES ?
HEU... MOI, C'EST ALPHONSE, ÇA FAIT LONGTEMPS QU'ON NE S'EST PAS VU...
JE VOIS !
PAT PAT PAT
TU AS ÉNORMÉMENT GRANDI, NON ?
C'EST LA PREMIÈRE FOIS QU'ON ME FROTTE LA TÊTE COMME ÇA DEPUIS QUE JE SUIS DANS CETTE ARMURE...
ET DONC, VOUS ÊTES LÀ POUR QUOI ?
AH... ON A QUELQUE CHOSE À DEMANDER À NOTRE MAÎTRE !

ALLEZ-Y, ENTREZ !
MEISSON, OCCUPE-TOI DU MAGASIN !
OK, BOSS !
ET COMMENT VA SA MALADIE ?
COMME CI, COMME ÇA, SA SANTÉ EST VRAIMENT FRAGILE
IZUMI ! LES PETITS ELRIC SONT VENUS TE RENDRE VISITE
ED ET AL ?
TU PEUX VENIR ?
OUI, J'AR-RIVE
JE ME SENS UN PEU MIEUX AUJOURD'HUI ...
VISIBLEMENT, ON LUI A DEMANDÉ DE RESTER AU LIT...
SA SANTÉ NE S'EST PAS AMÉLIORÉE DEPUIS LA DERNIÈRE FOIS...
PAC
PAC
PAC
PAC

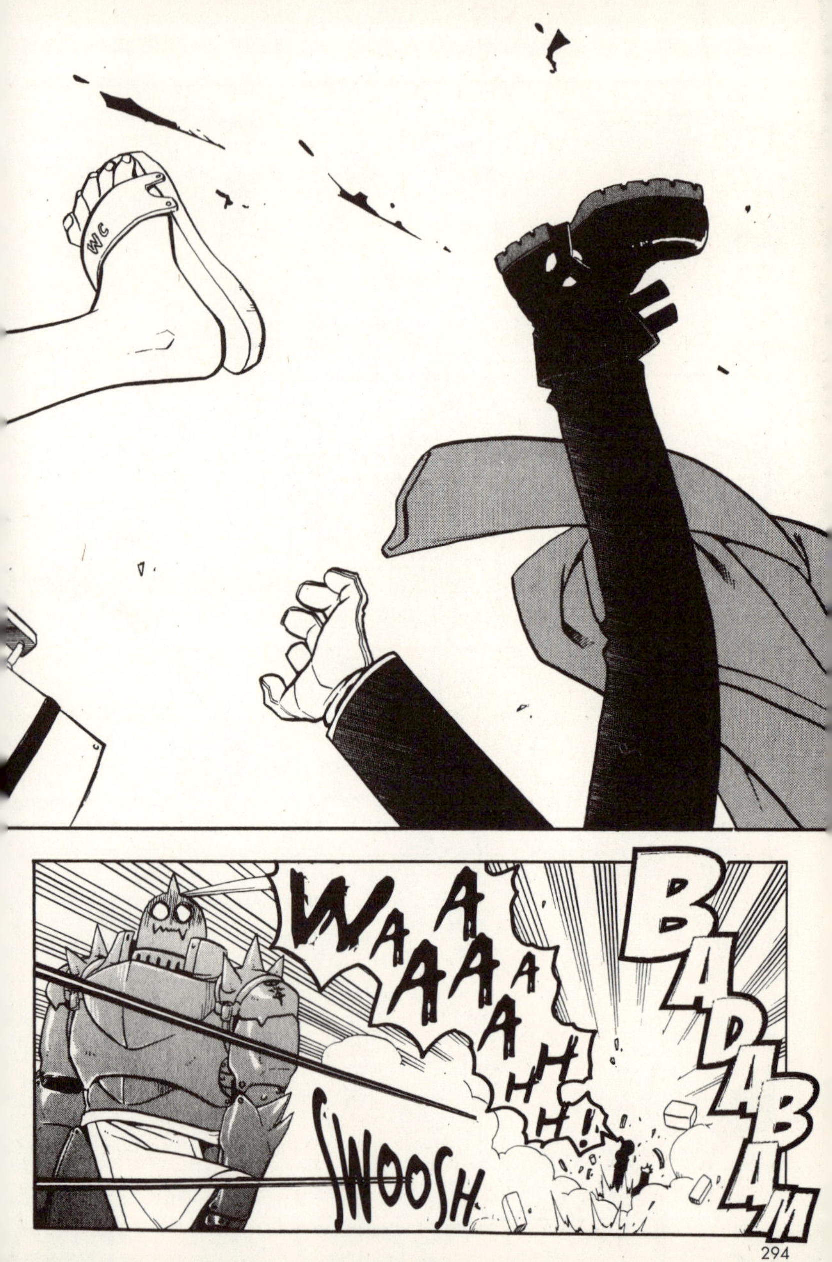
WAAAAAAHHHH!
BADABAM
SWOOSH

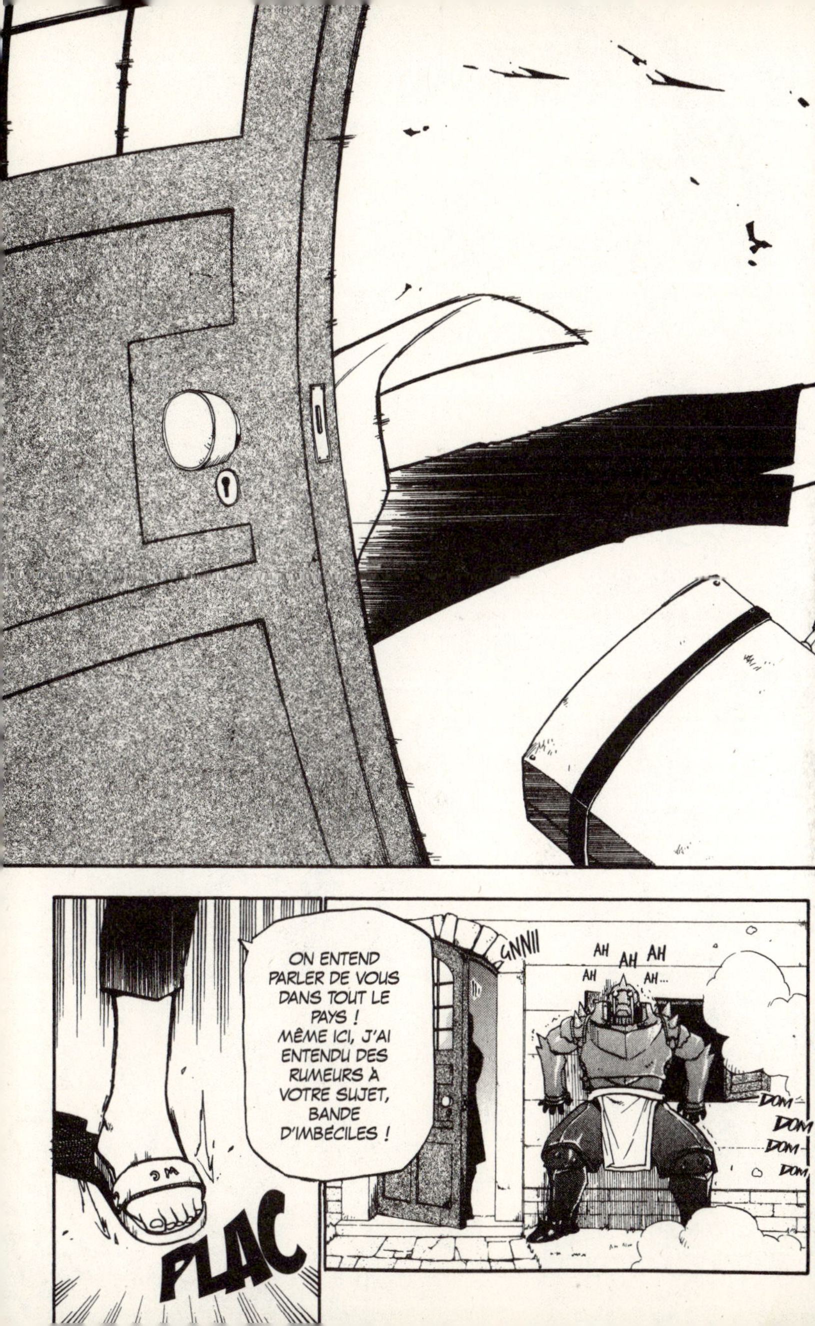
GNNII
AH AH AH AH AH...
DOM DOM DOM DOM
ON ENTEND PARLER DE VOUS DANS TOUT LE PAYS ! MÊME ICI, J'AI ENTENDU DES RUMEURS À VOTRE SUJET, BANDE D'IMBÉCILES !
PLAC

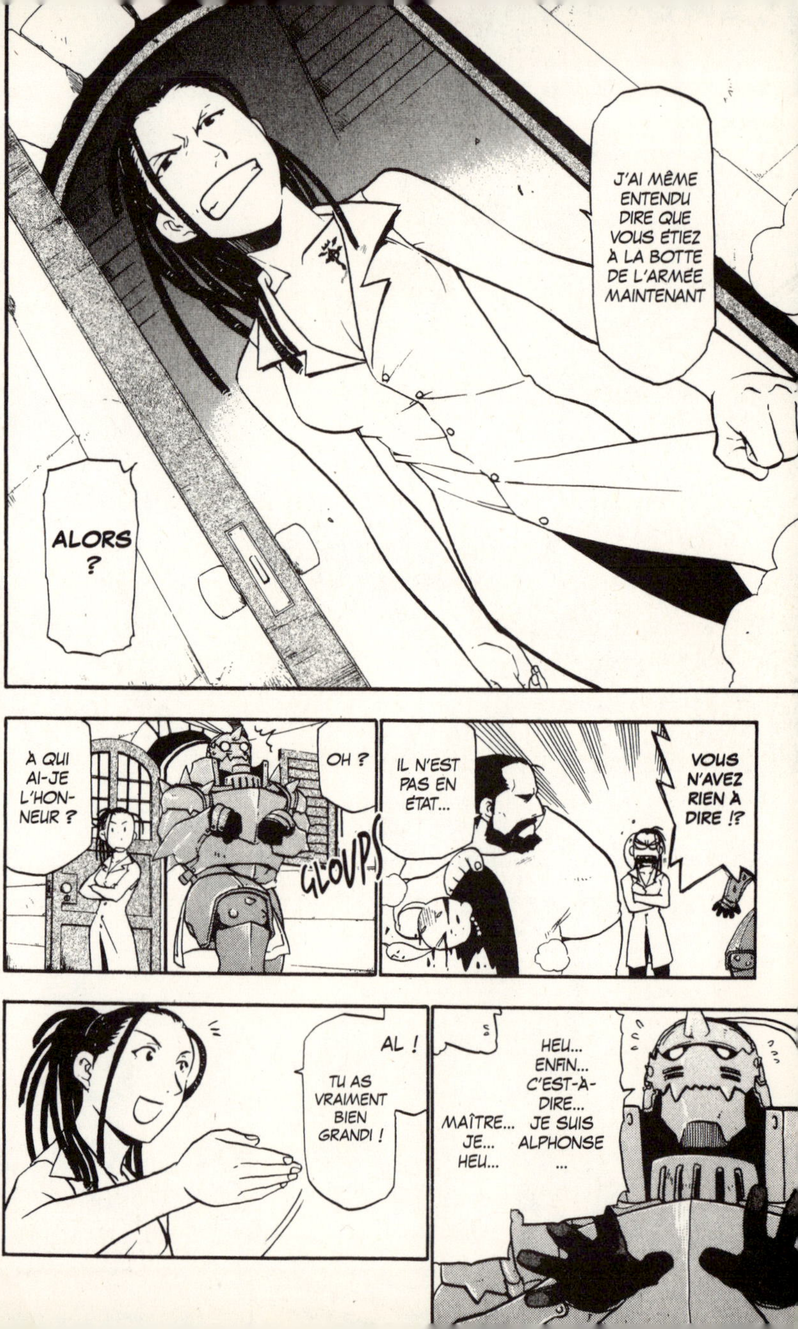
J'AI MÊME ENTENDU DIRE QUE VOUS ÉTIEZ À LA BOTTE DE L'ARMÉE MAINTENANT
ALORS ?
VOUS N'AVEZ RIEN À DIRE !?
IL N'EST PAS EN ÉTAT...
OH ?
GLOUPS
À QUI AI-JE L'HON-NEUR ?
HEU... ENFIN... C'EST-À-DIRE... JE SUIS ALPHONSE ...
MAÎTRE... JE... HEU...
AL !
TU AS VRAIMENT BIEN GRANDI !

ET VOUS, VOUS NE CHANGEZ PAS, MAÎ...
...TRE !?
SWISH
BLAM
VOUS NE VOUS ENTRAÎNEZ PAS ASSEZ !
JE CROYAIS QUE VOUS N'ÉTIEZ PAS EN BONNE SANTÉ...
QU'EST-CE QUE TU RACONTES ?
VOUS VENEZ ME VOIR DE LOIN, C'EST NORMAL QUE JE VOUS ACCUEILLE COMME IL SE...

TU EN FAIS TROP, IZUMI...
PRENDS TES MÉDICAMENTS...
tousse tousse
BLURP
JE SUIS DÉSOLÉE DE TE CAUSER TANT DE SOUCIS
tousse tousse
CHÉRIE, C'EST NORMAL QUE JE PRENNE SOIN DE TOI !
LOVE
MAMOUR...
HEU... EXCUSEZ-NOUS...
ÇA FAIT SI LONGTEMPS...
OUI !
JE SUIS BIEN CONTENTE DE VOUS REVOIR !
ha ha ha
PAF
AÏE !

Hum
LA PIERRE PHILOSOPHALE ?
ON S'EST DIT QUE VOUS SAVIEZ PEUT-ÊTRE QUELQUE CHOSE À SON SUJET...
HUM, JE N'AI JAMAIS FAIT DE RECHERCHES SUR LES PIERRES...
ET QUEL EST L'INTÉRÊT DE CHERCHER QUELQUE CHOSE DONT ON N'EST MÊME PAS CERTAIN DE L'EXISTENCE ?
HUM... COMMENT DIRE... C'EST JUSTE DE LA CURIOSITÉ INTELLECTUELLE...
...
LA PIERRE DES PHILOSOPHES ...
SOUVIENS-TOI L'AUTRE JOUR EN PASSANT À CENTRAL CITY, ON A RENCONTRÉ UN ALCHIMISTE QUI AVAIT L'AIR D'EN SAVOIR LONG SUR LA PIERRE PHILOSOPHALE...
AH OUI, C'EST VRAI !
C'EST QUOI SON NOM DÉJÀ ...
....

JE CROIS QUE C'ÉTAIT QUELQUE CHOSE COMME HOHENHEIM
!
ET IL RESSEMBLAIT À QUOI ?!
HUM, IL ÉTAIT ASSEZ GRAND AVEC DES LUNETTES, LES CHEVEUX BLONDS, UNE BARBE ...
DIFFICILE DE DIRE SON ÂGE EN LE REGARDANT
MAIS IL ÉTAIT PLUTÔT CHARMANT
GRRR
je rigole !
MAIS CHÉRI, TU SAIS BIEN QUE C'EST PAS DU TOUT MON GENRE
DONC IL EST ENCORE EN VIE ...
VOUS LE CONNAISSEZ ?!

C'EST... NOTRE ... NOTRE PÈRE !
AH, C'EST DONC LUI QUI VOUS A ABANDONNÉ, VOUS ET VOTRE MÈRE ?!
IL EST PEUT-ÊTRE TOUJOURS À CENTRAL, VOUS DEVRIEZ PEUT...
JAMAIS DE LA VIE...
JAMAIS PLUS JE NE POURRAI FAIRE CONFIANCE À CE TYPE

HEU... ET IL A DIT QUELQUE CHOSE À PROPOS DE LA PIERRE ?
HUUMM ...
IL NOUS A JUSTE DIT QU'UN ÉVÉNEMENT MAJEUR, PLANIFIÉ DEPUIS TRÈS LONGTEMPS ...
ALLAIT ENFIN SURVENIR DANS PEU DE TEMPS ...
IL Y A VRAIMENT DES GENS MALHONNÊTES DANS CE PAYS !
MIAM
BARF
MIAM

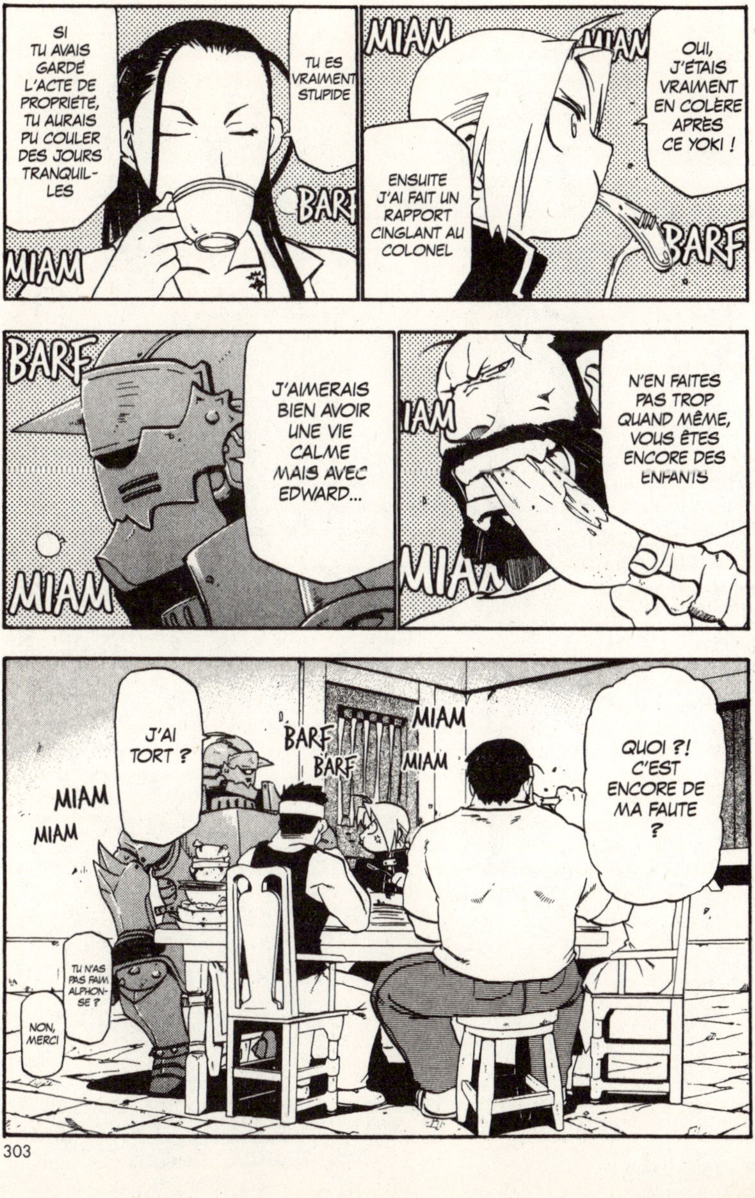
MIAM MIAM
OUI, J'ÉTAIS VRAIMENT EN COLÈRE APRÈS CE YOKI !
ENSUITE J'AI FAIT UN RAPPORT CINGLANT AU COLONEL
BARF
TU ES VRAIMENT STUPIDE
SI TU AVAIS GARDÉ L'ACTE DE PROPRIÉTÉ, TU AURAIS PU COULER DES JOURS TRANQUIL-LES
BARF
MIAM
N'EN FAITES PAS TROP QUAND MÊME, VOUS ÊTES ENCORE DES ENFANTS
BARF
J'AIMERAIS BIEN AVOIR UNE VIE CALME MAIS AVEC EDWARD...
MIAM
QUOI ?! C'EST ENCORE DE MA FAUTE ?
MIAM MIAM
BARF BARF
J'AI TORT ?
MIAM MIAM
TU N'AS PAS FAIM ALPHONSE ?
NON, MERCI

EN TOUT CAS, VISIBLEMENT, VOUS AVEZ UNE VIE MOUVEMENTÉE !!
OUI MAIS CE N'EST PAS TOUJOURS AUSSI DANGEREUX
PAR EXEMPLE À RUSH VALLEY, ON A AIDÉ UN BÉBÉ À VENIR AU MONDE
VOUS ENTENDEZ MAÎTRE ! ON A JOUÉ LES SAGES-FEMMES L'AUTRE JOUR...
TU T'AVANCES UN PEU QUAND TU DIS QU'ON L'A AIDÉ...
ON ÉTAIT PLUS PANIQUÉS QU'AUTRE CHOSE
OUI, C'EST VRAI ! ON A VRAIMENT EU PEUR QUE ÇA TOURNE MAL !
TOUT LE MONDE S'EST DONNÉ À FOND
LA MÈRE A BEAUCOUP SOUFFERT
MAIS FINALEMENT, LE BÉBÉ EST NÉ SANS AUCUN SOUCI. C'EST UNE BONNE NOUVELLE, NON ?
OUI, C'EST VRAI
ET ON VIENT TOUS DU MÊME ENDROIT : LE VENTRE DE NOTRE MÈRE...

SOYEZ FIERS DE LA VIE QU'ON VOUS A OFFERTE...
ET VOUS ?
VOUS N'AVEZ JAMAIS PENSÉ À AVOIR DES ENFANTS...
EDWARD !!

AH... HEU...
HUM ...
ET SINON DEPUIS LA DERNIÈRE FOIS, VOUS AVEZ FAIT DES PROGRÈS EN ALCHIMIE ?
J'AIMERAIS BIEN VOIR CE QUE VOUS SAVEZ FAIRE MAINTENANT
AH ! OUI, AVEC PLAISIR !
DEPUIS QU'ON EST PARTIS D'ICI, ON N'A PAS ARRÊTÉ D'ÉTUDIER ET DE FAIRE DES RECHERCHES
ON S'ENTRAÎNE TOUS LES JOURS POUR GARDER LA FORME
ON PEUT SYNTHÉTISER BEAUCOUP DE MATIÈRE MAINTENANT !
ET SI ON ALLAIT DEHORS POUR VOUS MONTRER ? ON POURRA FAIRE QUELQUE CHOSE DE GROS COMME ÇA !
VENEZ ! VENEZ VOIR !
OUI, OUI ! J'ARRIVE !

IZUMI...
HUM ?
AH ! ÇA VA ALLER, PAS DE PROBLÈME
ILS ONT ASSISTÉ À UNE NAISSANCE ...
C'EST UNE TRÈS BONNE EXPÉRIENCE POUR LEUR APPRENTISSAGE
crish
crish
crish
Tac

FLASH !
OH !
TU T'ES VRAIMENT AMÉLIORÉ !!
HE HE
À MON TOUR !
CLAP !!
!!
SWOOSH !

NOTE DE L'AUTEUR : OUI, TOTALEMENT...

...QUE TU L'AS VU ?
DE...
DE QUOI PARLEZ-VOUS ?
TU L'AS VU, N'EST-CE PAS ?
OUI... JE L'AI VU...

C'EST DONC POUR ÇA QUE TU AS PU DEVENIR ALCHIMISTE D'ÉTAT AUSSI JEUNE...
EN FAIT... JE N'AI RIEN D'UN GÉNIE...
C'EST PARCE QUE JE L'AI VU...
?
?
MAÎTRE, VOUS... !!
MADAME IZUMI !!

MADAME !!
pac pac pac pac pac
MA...
MON TRAIN EST CASSÉ !
VOUS POUVEZ LE RÉPARER ?
QU'EST-CE QUI SE PASSE ?
ON VA RETOURNER AU MAGASIN, PATRON !
JE FAIS PEUR, C'EST ÇA ?
TRISTESSE
MON PAPA DIT TOUJOURS QUE VOUS ÊTES UNE ALCHIMISTE DE TALENT !
POURQUOI ?!
PAS QUESTION !!
RENTREZ !!
J'AI DES OUTILS DANS LA REMISE...
HÉ ? VOUS NE POUVEZ PAS UTILISER VOTRE ALCHIMIE ?!

IL NE FAUT PAS TOUJOURS COMPTER SUR L'ALCHIMIE !
SI ON PEUT LE RÉPARER SANS Y FAIRE APPEL, C'EST BIEN MIEUX !
C'EST PLUS FACILE AVEC L'ALCHIMIE !!
NA NA NA
BON, FERMEZ-LÀ !
DONNE-MOI TA SUCETTE, JE VAIS UTILISER LA TIGE COMME AXE POUR LA ROUE
BEURK ! ÇA RESSEMBLE À RIEN !
VOUS ÊTES VRAIMENT NULLE !
HA HA HA HA HA HA HA HA HA HA
VOUS M'EN VOYEZ DÉSOLÉE !
SI JE SUIS NULLE, VOUS N'AVEZ QU'À FAIRE ATTENTION À VOS AFFAIRES
HÉ, HÉ !
MERCI BEAUCOUP !!
SI ON LE CASSE, ON REVIENDRA VOUS VOIR !
ESSAYEZ PLUTÔT DE NE PLUS LE CASSER !!
MADAME IZUMI...

MAINY, QU'EST-CE QUI SE PASSE ?
TU AS AUSSI CASSÉ QUELQUE CHOSE ?
MON PETIT CHAT NE BOUGE PLUS...
RÉPAREZ-LE !
IL EST DÉJÀ MORT...

IL EST CASSÉ ?
NON, IL EST MORT !
VOUS POUVEZ RÉPARER CHIKO, S'IL VOUS PLAÎT ?
JE NE PEUX PAS FAIRE ÇA...
MAIS, MADAME IZUMI, VOUS POUVEZ CRÉER CE QUE VOUS VOULEZ, NON ?
DONC POUR CHIKO...
MAINY ...
DONNER LA VIE N'EST PAS AUSSI SIMPLE QUE DE CRÉER DES OBJETS... JE NE SUIS PAS DIEU...
VOUS ÊTES DES ÊTRES VIVANTS...
LA VIE A QUITTÉ LE CORPS DE CHIKO ET NE REVIENDRA JAMAIS...

... JE NE COMPRENDS PAS !
MAIS... MAIS...
HIER, IL SE PORTAIT BIEN...
JE NE PEUX PAS RENDRE LA VIE À CHIKO...
MAIS JE PEUX LUI FAIRE UNE BELLE TOMBE...
D'ACCORD ?
ON SAIT DÈS LE DÉPART QU'AU BOUT DE LA VIE, IL Y A LA MORT, QUE NOTRE CORPS RETOURNERA À LA TERRE ET QUE DES PLANTES FLEURIRONT SUR NOTRE TOMBE...

NOTRE ÂME SE TRANSFORME EN SOUVENIR DANS LE CŒUR DES AUTRES
TOUT ÊTRE VIVANT EST INCLUS DANS UN CYCLE SANS FIN
LES VIES HUMAINES AUSSI...
C'EST COMME ÇA QUE JE CONÇOIS LA VIE
MAIS C'EST DIFFICILE DE L'EXPLIQUER OU DE L'EN-SEIGNER...
MAÎTRE ...
AVEZ-VOUS DÉJÀ EU ENVIE DE FAIRE REVIVRE UN ÊTRE MORT ?
OUI
ED
DANS QUEL INTÉRÊT FAIS-TU PARTIE DE L'ARMÉE ?

HUM ...
JE VIS DANS L'ATTENTE D'ÊTRE UTILISÉ AU COMBAT, ET D'Y ARRACHER LA VIE DE MES ENNEMIS...
ÇA ME FAIT PEUR...
MAIS, MALGRE TOUT, TU AS BESOIN DE PROFITER DES PRIVILÈGES QUE ÇA TE PROCURE... ?
OUI, J'EN AI BESOIN POUR ATTEINDRE LE BUT QUE JE ME SUIS FIXÉ

EDWAAARRDDDD
SALE GOSSE ! TU AS DÉSOBÉI AUX PRÉCEPTES DE TON MAÎTRE, PAS VRAI ?
ALPHONSE ! CETTE ARMURE EST VIDE...
N'EST-CE PAS ?
!!
ET TOI ED, TU T'ES FAIT GREFFER UN AUTO-MAIL...
CO... COMMENT ...?
TU VEUX SAVOIR COMMENT J'AI SU ÇA ?
QUAND JE T'AI FAIT TOMBER, TU SONNAIS CREUX. POUR EDWARD, SA JAMBE GAUCHE ET SA JAMBE DROITE FONT UN BRUIT DIFFÉRENT...

VOUS PENSIEZ QUE JE NE M'EN RENDRAIS PAS COMPTE ?
NE ME SOUS-ESTIMEZ PAS !
QU'EST-CE QUI S'EST PASSÉ ?
RACONTEZ-MOI !

AU REVOIR ...
QU'EST-CE QUI VOUS EST ARRIVÉ ?!
JE VEUX TOUT SAVOIR !
PAPA ET MAMAN...
À ISHBAL... ILS ONT ÉTÉ...
...

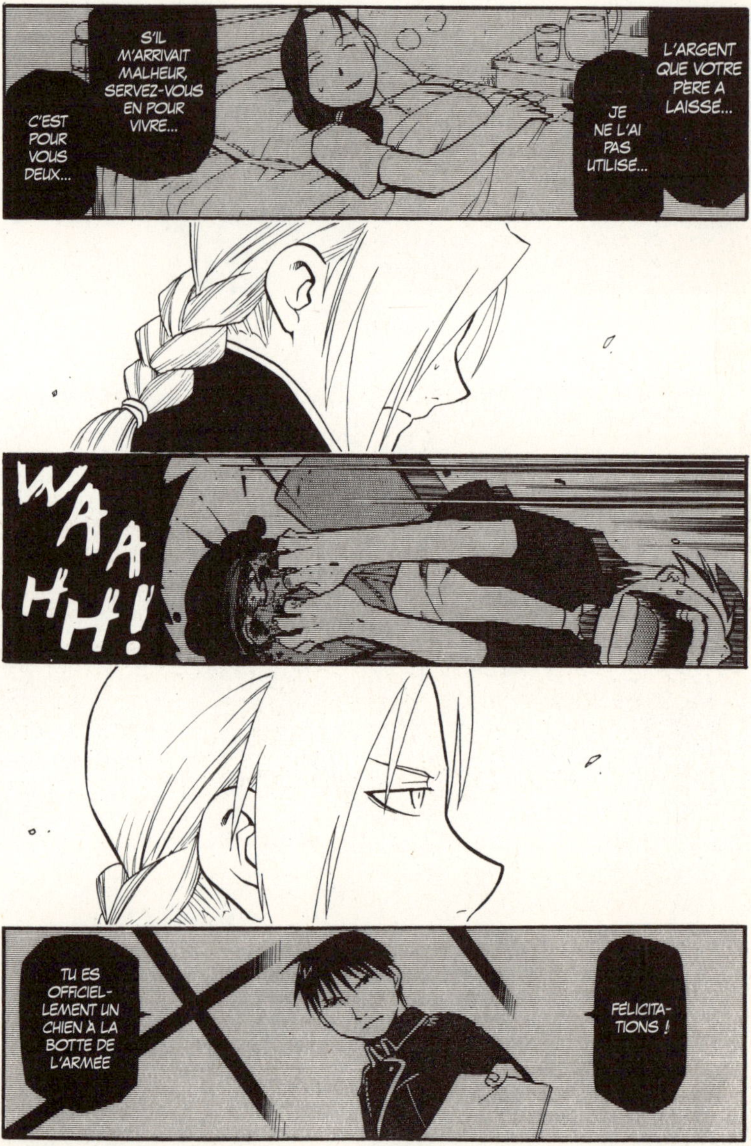
L'ARGENT QUE VOTRE PÈRE A LAISSÉ...
JE NE L'AI PAS UTILISÉ...
S'IL M'ARRIVAIT MALHEUR, SERVEZ-VOUS EN POUR VIVRE...
C'EST POUR VOUS DEUX...
WAAHH!
FÉLICITATIONS !
TU ES OFFICIELLEMENT UN CHIEN À LA BOTTE DE L'ARMÉE

CHAPITRE 20
NOTRE SECRET...

pia
pia
pia
ED
AL
ED !
EH BIEN...
AL !
OÙ ÊTES-VOUS ?
VOUS AVEZ ENCORE FOUILLÉ DANS LA BIBLIOTHÈQUE DE VOTRE PÈRE
VOUS AIMEZ VRAIMENT LES LIVRES ...

EDWARD, TU NE DEVRAIS PAS GRIBOUILLER SUR LE SOL, ICI...
SI TON PÈRE VOYAIT ÇA, IL SERAIT EN COLÈRE !
C'EST PAS UN GRIBOUILLIS !!
REGAR-DE !
!?
SWOOSH
!
CLING
...
C'EST DE L'ALCHIMIE ?
C'EST PAPA QUI T'A APPRIS ÇA ?
ET COMMENT ? IL A QUITTÉ LA MAISON !!
ON A APPRIS DANS LES LIVRES...

DANS LES LIVRES...
VOUS POUVEZ COMPRENDRE CE QUI EST ÉCRIT DEDANS ?!
À PEU PRÈS
...
EH BIEN... J'EN CONNAIS QUI SERAIENT SURPRIS D'APPRENDRE ÇA...
TU VAS NOUS GRONDER, MAMAN ?
NON, NON, C'EST TRÈS BIEN ! MAMAN EST FIÈRE DE VOUS
VOUS ÊTES BIEN SES FILS...
JE SUIS VRAIMENT FIÈRE DE VOUS...
C'EST COMME ÇA QUE TOUT A DÉBUTÉ ...

MAMAN NOUS COMPLI-MENTAIT ...
RIEN AU MONDE NE NOUS RENDAIT PLUS HEUREUX. C'EST AINSI QUE NOUS NOUS SOMMES PLONGÉS DANS L'ÉTUDE DE L'ALCHIMIE
MILK
MAMAN
MAMAN
MAMAN

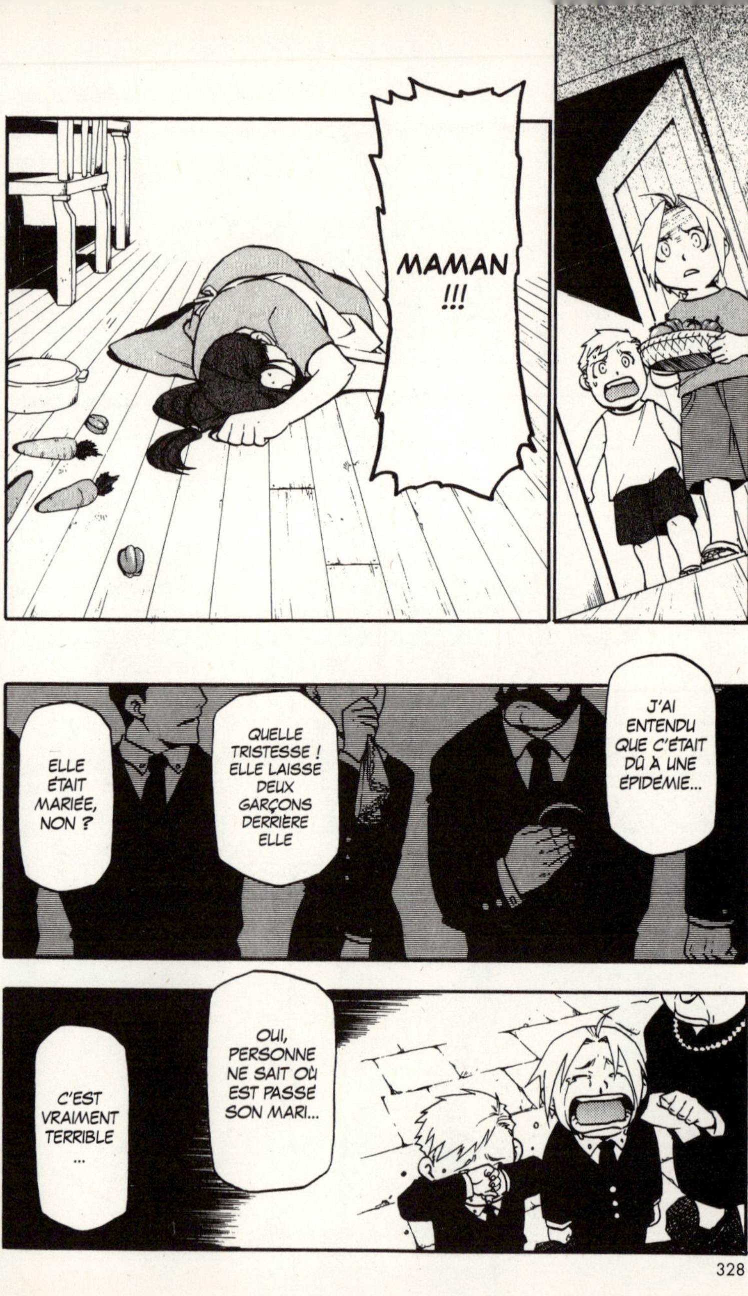
MAMAN !!!
J'AI ENTENDU QUE C'ÉTAIT DÛ À UNE ÉPIDÉMIE...
QUELLE TRISTESSE ! ELLE LAISSE DEUX GARÇONS DERRIÈRE ELLE
ELLE ÉTAIT MARIÉE, NON ?
OUI, PERSONNE NE SAIT OÙ EST PASSÉ SON MARI...
C'EST VRAIMENT TERRIBLE ...

EDWARD
J'AI FAIM...
J'AI FROID AUSSI ...
RENTRONS À LA MAISON ...
...

TU AS DÉJÀ ENTENDU PARLER D'HUMAINS ARTIFICIELS ?
ON APPELLE ÇA UN HOMONCULUS, NON ?
DANS UN LIVRE, J'AI LU QU'UN ÊTRE HUMAIN ÉTAIT COMPOSÉ D'UNE ÂME, D'UN ESPRIT ET D'UN CORPS
JE ME DEMANDE SI ON PEUT FAIRE REVENIR MAMAN...
C'ÉTAIT AUSSI MARQUÉ DANS LE LIVRE QU'IL EST INTERDIT DE CRÉER UN HUMAIN
JE SAIS
DONC ...
ÇA SERA NOTRE SECRET ...
NOUS ÉTIONS ALORS PERSUADÉS DE NOTRE RÉUSSITE ...
NOUS VOULIONS JUSTE REVOIR LE SOURIRE DE MAMAN ENCORE UNE FOIS

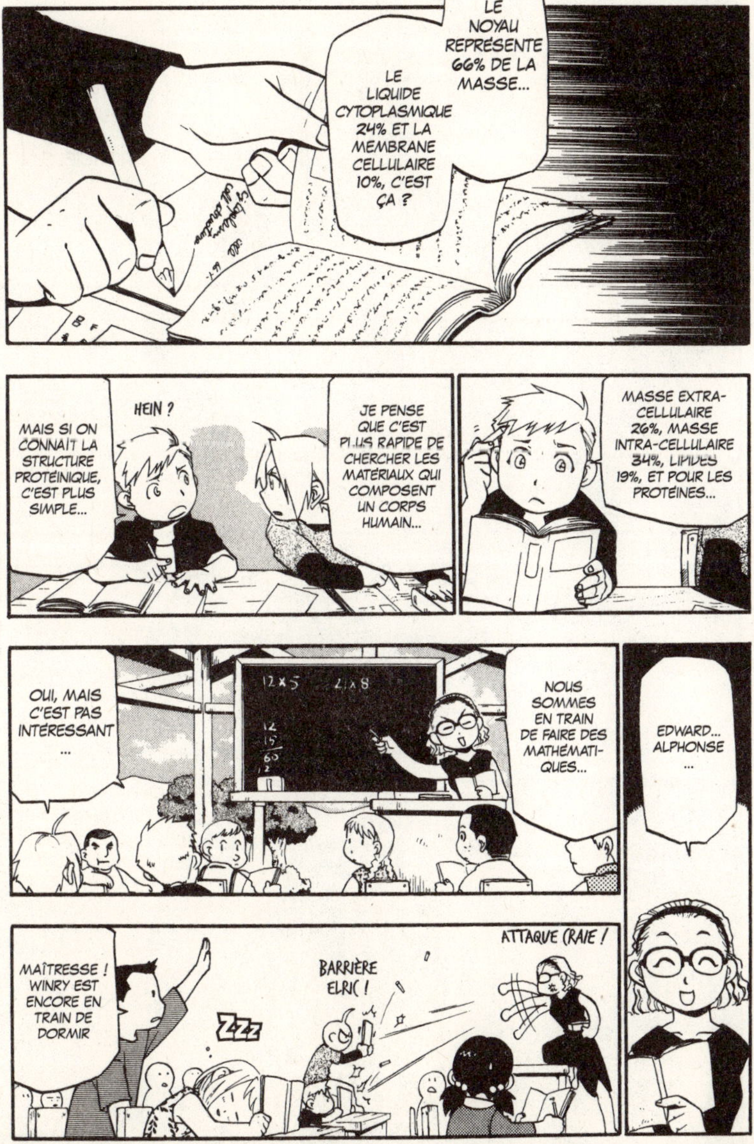
LE NOYAU REPRÉSENTE 66% DE LA MASSE...
LE LIQUIDE CYTOPLASMIQUE 24% ET LA MEMBRANE CELLULAIRE 10%, C'EST ÇA ?
MASSE EXTRA-CELLULAIRE 26%, MASSE INTRA-CELLULAIRE 34%, LIPIDES 19%, ET POUR LES PROTÉINES...
JE PENSE QUE C'EST PLUS RAPIDE DE CHERCHER LES MATÉRIAUX QUI COMPOSENT UN CORPS HUMAIN...
HEIN ?
MAIS SI ON CONNAIT LA STRUCTURE PROTÉINIQUE, C'EST PLUS SIMPLE...
EDWARD... ALPHONSE ...
NOUS SOMMES EN TRAIN DE FAIRE DES MATHÉMATIQUES...
OUI, MAIS C'EST PAS INTÉRESSANT ...
ATTAQUE CRAIE !
BARRIÈRE ELRIC !
ZZZ
MAÎTRESSE ! WINRY EST ENCORE EN TRAIN DE DORMIR

GLING
GLONG
QU'EST-CE QUE VOUS ÉTUDIEZ AUTANT ?
C'EST SECRET !
MÊLE-TOI DE TES AFFAIRES WINRY !
C'EST PAS JUSTE ! VOUS FAITES TOUJOURS DES CACHOTTERIES
Pff
HÉ, HÉ ! À PLUS TARD !
MAMIE A DIT QU'ON MANGEAIT DE LA SOUPE CE SOIR !
Super
À TOUT À L'HEURE, WINRY !
SI JE MANGE DE LA SOUPE, JE VAIS GRANDIR !
J'AIME VRAIMENT LA RECETTE DE MAMIE. MÊME SI ELLE MET DU LAIT, ÇA RESTE DÉLICIEUX !
QU'EST-CE QUE TU RACONTES ENCORE...
C'EST VRAIMENT UNE BONNE IDÉE DE METTRE DU LAIT DANS UNE SOUPE DE LÉGUMES
C'EST COMME POUR NOS RECHERCHES, C'EST IMPORTANT D'EXPÉRIMENTER ET D'AVOIR L'INSPIRATION
oui, oui !
HUM... JE VOIS...
QU'EST-CE QU'IL NOUS MANQUE ENCORE POUR TENTER UNE TRANSMUTATION HUMAINE ?
ET SURTOUT, POURQUOI EST-CE QUE C'EST INTERDIT PAR LA LOI ?

PEUT-ÊTRE PARCE QUE PERSONNE N'Y EST ARRIVÉ, ÇA DOIT ÊTRE DANGEREUX, NON ?
IL PARAÎT QU'UN PAYS ENTIER AURAIT ÉTÉ DÉTRUIT...
TU PARLES DE CETTE HISTOIRE ARRIVÉE DANS UN PAYS DÉSERTIQUE À L'EST ?
OUI, CELLE-LA
ON DIT QU'UN SAGE A TENTÉ DE CRÉER UN HUMAIN PARFAIT ET TOUS LES HABITANTS ONT DISPARU...
ÇA NE RESTE QU'UNE LÉGENDE...
ET IL Y A AUSSI CETTE HISTOIRE !
IL PARAÎT QU'UNE MOUCHE SERAIT RENTRÉE DANS LA PIÈCE PENDANT LA TRANSMUTATION ET QUE LA PERSONNE SE SERAIT TRANSFORMÉE EN MOUCHE HUMAINE
J'AI DÉJÀ VU CE FILM ...
JE PENSE QU'ILS ONT INTERDIT LA TRANSMUTATION HUMAINE PARCE QU'ILS N'Y ARRIVENT PAS
SI QUELQU'UN REVIENT À LA VIE, TOUT LE MONDE EST CONTENT !

SI ON PEUT FAIRE REVENIR MAMAN, ON POURRA VIVRE HEUREUX TOUS LES TROIS ENSEMBLE...
C'EST ÉVIDENT QU'IL NE SUFFIT PAS DE CONNAÎTRE LA THÉORIE POUR Y ARRIVER...
SI PAPA ÉTAIT LÀ, TU PENSES QU'IL POUR-RAIT NOUS AIDER ?
ARRÊTE DE PARLER DE LUI ...
IL NOUS A LAISSÉS TOMBER ET A FAIT PLEURER MAMAN
MAMAN, NOUS A ÉLEVÉS TOUTE SEULE, C'EST POUR ÇA QU'ELLE EST TOMBÉE MALADE
C'EST DE SA FAUTE ! IL N'EST MÊME PAS REVENU POUR SON ENTERREMENT
MAIS, ON EST LIMITÉS DANS NOTRE APPRENTISSAGE EN TRAVAILLANT TOUT SEULS...

C'EST VRAI ...
BRRROOO
VRROOO
FSSSSSHHH!!!!!

C'EST LA PREMIÈRE FOIS QUE JE VOIS UNE TELLE PLUIE EN 60 ANNÉES D'EXISTENCE !
WAH !
PSSHHH!!
APPORTEZ PLUS DE SACS DE SABLE !
ON Y ARRIVERA JAMAIS EN LES APPORTANT UN À UN
DÉPÊCHEZ-VOUS, LA DIGUE VA ROMPRE !
IL FAUT PARTIR ! VITE !
BON SANG ...
LA DIGUE EST SUR LE POINT DE CÉDER !!
ÉVACUEZ VERS LES HAUTEURS !
ÇA VA CÉDER !!
QU'EST-CE QUE VOUS FAITES ICI ?
DÉPÊCHEZ-VOUS ! ON ÉVACUE !!
EDWARD !!
HUM... OUI...
VITE !!
LA DIGUE VA ROMPRE !!

ZAM
ZA
FSSHH!!!
HÉ !
VOUS ! NE RESTEZ PAS LÀ !
Floush
Floush
C'EST DANGE-REUX, VOUS DEVRIEZ PARTIR !!
CLAP
C'EST À MOI DE DIRE ÇA !!
CETTE ENDROIT VA ÊTRE INON...
... DE ?!
BZZ

BAM

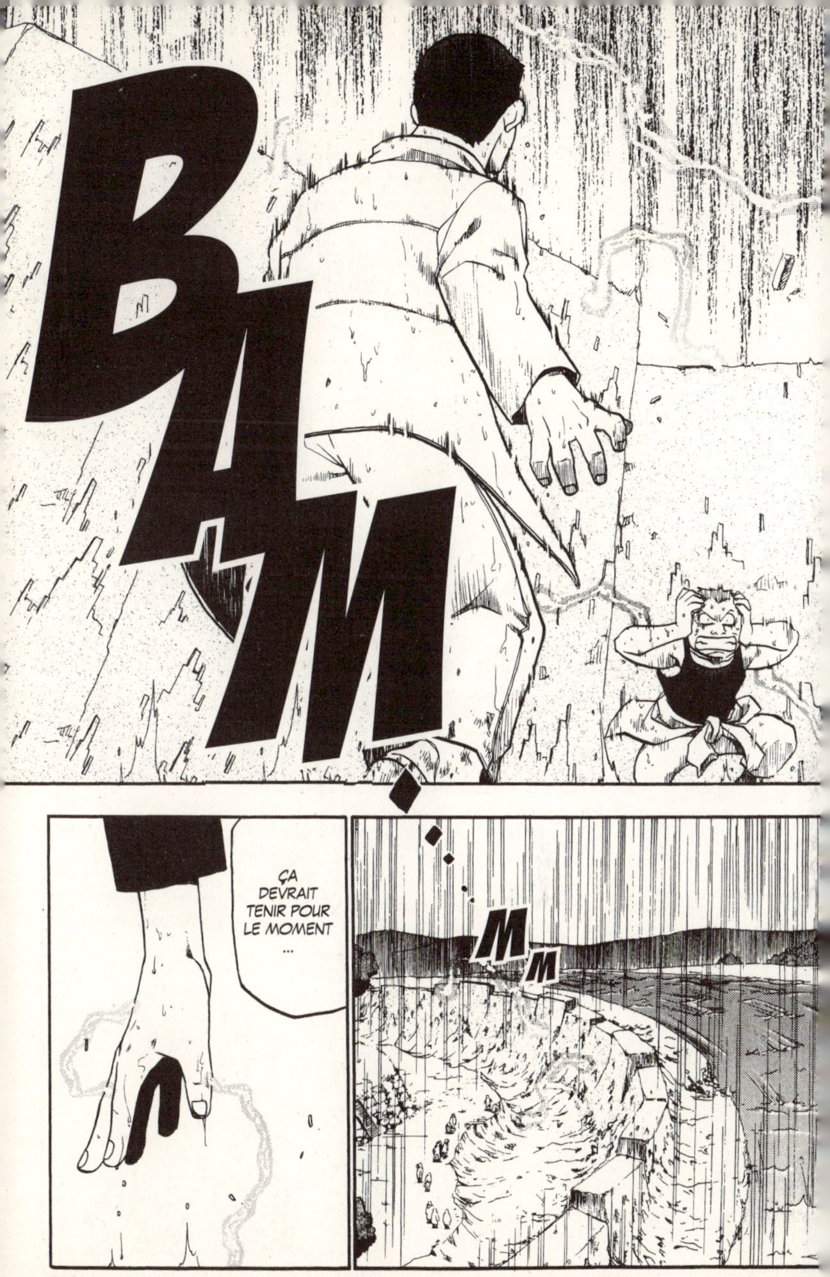
BAM
ÇA DEVRAIT TENIR POUR LE MOMENT ...
MM

POUR PLUS DE SÉCURITÉ, VOUS POUVEZ LA RENFORCER AVEC DES SACS DE SABLE
HEU... OUI !
ET DÉSOLÉE POUR L'AFFAISSEMENT DE TERRAIN...
JE N'ARRIVE PAS EN CROIRE MES YEUX ! ÇA NE LUI A PRIS QUE QUELQUES SECONDES !!
MAIS QUI ÊTES-VOUS ?
JE NE SUIS QU'UNE FEMME AU FOYER QUI PASSAIT PAR LÀ...
HÉ HÉ
BLURP
QUE QUELQU'UN AMÈNE UN BRANCARD !!
VITE, UN MÉDECIN !!

LES PLUIES SERONT MOINS FORTES DANS...
JE SUIS VENUE DANS L'EST FAIRE DU TOURISME ...
VU QU'IL PLEUVAIT, ON NOUS AVAIT INTERDIT DE SORTIR. MAIS JE SUIS QUAND MÊME CONTENTE D'AVOIR PU VOUS RENDRE SERVICE...
VOUS NOUS AVEZ SAUVÉ LA MISE !
VOUS ÊTES VRAIMENT TRÈS DOUÉE EN ALCHIMIE !
VOUS DEVEZ FAIRE PARTIE DES ALCHIMISTES D'ÉTAT, NON ?
NON, NON, JE SUIS JUSTE FEMME DE BOUCHER
JE M'APPELLE IZUMI CURTIS
DOM
DOM
DOM
DOM
VOICI MON MARI, SIGU
ALORS COMME ÇA, VOUS VENEZ DE DUBLITH ?
IL N'Y A RIEN À VISITER ICI !
VOTRE MARI EST VRAIMENT GRAND !
AL !
OUI !

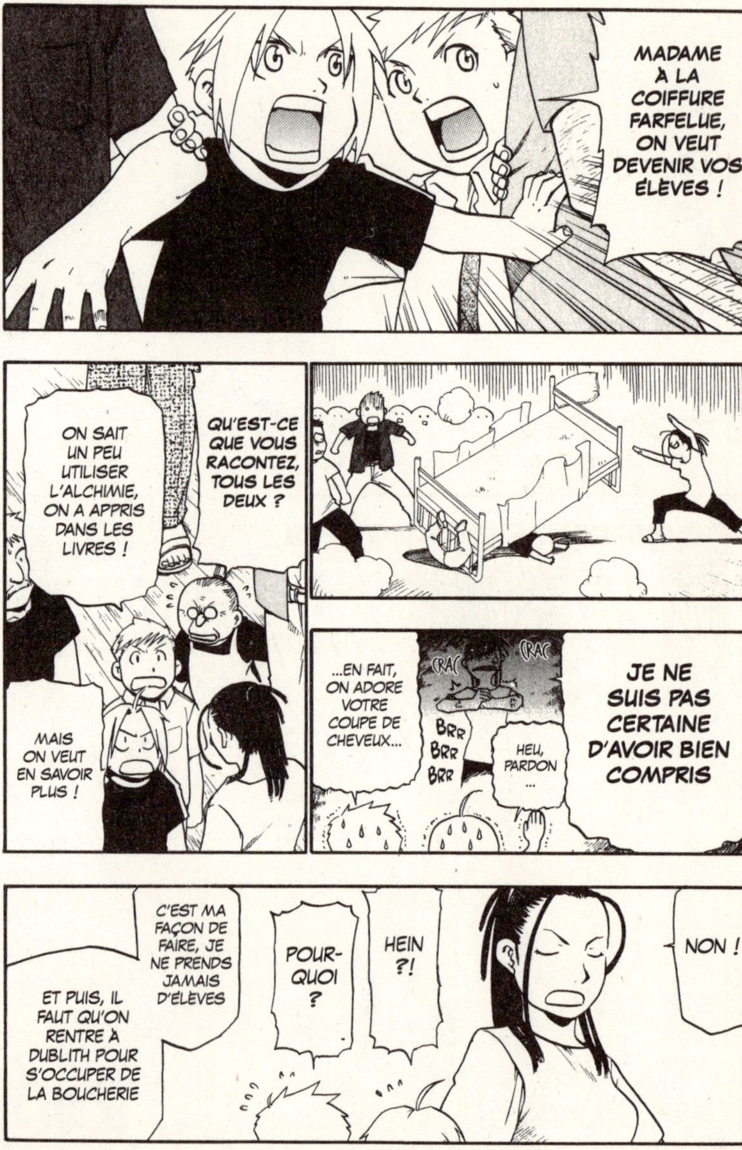

MADAME À LA COIFFURE FARFELUE, ON VEUT DEVENIR VOS ÉLÈVES !
JE NE SUIS PAS CERTAINE D'AVOIR BIEN COMPRIS
CRAC
CRAC
BRR BRR BRR
HEU, PARDON ...
...EN FAIT, ON ADORE VOTRE COUPE DE CHEVEUX...
QU'EST-CE QUE VOUS RACONTEZ, TOUS LES DEUX ?
ON SAIT UN PEU UTILISER L'ALCHIMIE, ON A APPRIS DANS LES LIVRES !
MAIS ON VEUT EN SAVOIR PLUS !
NON !
HEIN ?!
POUR-QUOI ?
C'EST MA FAÇON DE FAIRE, JE NE PRENDS JAMAIS D'ÉLÈVES
ET PUIS, IL FAUT QU'ON RENTRE À DUBLITH POUR S'OCCUPER DE LA BOUCHERIE

EMMENEZ-NOUS !!
FOOSH
FOOSH
ON VEUT ÊTRE VOS ÉLÈVES !!
VOUS ALLEZ ME LÂCHER, OUI ?
ET ÇA VOUS SERVIRA À QUOI DE CONNAÎTRE L'ALCHIMIE ?!
HÉ !!
EUH ...
JE VEUX ÊTRE UTILE AUX AUTRES !!
...
ET VOS PARENTS ? ILS EN DISENT QUOI ?
HUM... MADAME CURTIS,
EN CE MOMENT C'EST MOI QUI AI LA CHARGE DE CES DEUX GARÇONS
MAIS EN FAIT, ILS N'ONT PLUS DE PARENTS...
AH...

JE VAIS CRAQUER ...
...SI VOUS ME REGARDEZ COMME ÇA...
JE VAIS LES PRENDRE À L'ESSAI POUR UN MOIS, ILS VONT DEVOIR FAIRE LEURS PREUVES
UN MOIS !!

IL FAUT QUE JE VOIE D'ABORD S'ILS SONT CAPABLES ...
...DE SUPPORTER UN ENSEIGNEMENT AUSSI DIFFICILE ...
ET S'ILS N'ONT AUCUN TALENT ?
JE LES RENVERRAI ICI...
ET SI ON PASSE CE TEST ?
ET BIEN VOUS RESTEREZ ET ON ATTAQUERA LES CHOSES SERIEUSES
OK ?
MAMIE !!
JE N'EN ATTENDS PAS MOINS DE VOUS...
DESOLE MAIS ON NE RENTRERA PAS DANS UN MOIS !!

TCHOU
BON VOYAGE !!
Toudoum=Doudoum=Toudoum
ON VA S'EN-TRAÎNER !!
ON VA ÉTUDIER !!
TAISEZ-VOUS UN PEU !
JE SUIS CERTAIN QU'ELLE A UN GRAND LABORATOIRE !
J'ESPÈRE QU'ON TROUVERA PLEIN DE NOUVEAUX LIVRES !
VIVEMENT QU'ON ARRIVE À DUBLITH !
ON VA S'ENTRAÎNER !!
ON VA ÉTUDIER !!
LA FERME ...
PAF
AÏE !
Toudoum
Doudoum
ZZZ

SI NOTRE ENFANT ÉTAIT ENCORE EN VIE... IL AURAIT À PEU PRÈS LEUR ÂGE
HUM...
JE PENSAIS QUE TU NE VOULAIS PAS PRENDRE D'ÉLÈVES ...
Toudoum
Doudoum
J'AI PU LIRE LEUR DÉTERMINATION DANS LEUR REGARD, C'EST ÇA QUI M'A DÉCIDÉE À LES PRENDRE À L'ESSAI
MAIS J'AI L'IMPRESSION QU'ILS CACHENT LA VÉRITABLE SOURCE DE CETTE DÉTERMINATION
C'EST AUSSI DE MON DEVOIR DE MENTOR DE LES REMETTRE SUR LE DROIT CHEMIN...
ON VA DEVOIR PRÉPARER UNE CHAMBRE POUR EUX ALORS...
ÇA VA FAIRE DE L'ANIMATION À LA MAISON
OH ! POUR LE MOMENT ILS N'EN AURONT PAS BESOIN !
AH ?

HÉ, HÉ, HÉ !
J'AI DÉJÀ TOUT PRÉVU !
MAIS J'AI QUELQUES DÉTAILS À RÉGLER, JE PASSERAI UN COUP DE FIL À LA PROCHAINE STATION
DUBLITH
DUBLITH
PSSSHH!!!
WAHHH!!
IL FAIT VRAIMENT CHAUD PAR ICI !
DUBLITH
JE RÊVE DE PRENDRE UN BAIN FROID !
OH OUI ! UN BAIN FROID !
...
BIEN, ALLONS-Y !
C'EST VRAI ?
SUPER !!

C'EST UN ENDROIT TRÈS CONNU DANS LA RÉGION
LE LAC KAUROY !!
UN LAC ?
UN LAC !!
C'EST GRAND !!
KAUROY LAKE
MADAME IZUMI EST VRAIMENT GENTILLE !
J'AI L'IMPRESSION QU'ON VA BIEN S'AMUSER !!
OH
AH TE V'LÀ IZUMI !
J'AI PRÉPARÉ UNE BARQUE !
DÉSOLÉE D'AVOIR PRÉVENU SI TARD
ED ! AL !

FLOUSH
LAISSEZ VOS BAGAGES ET MONTEZ À BORD !
AH, MONSIEUR SIGU NE VIENT PAS AVEC NOUS ?
À PLUS TARD !
C'EST DOMMAGE, IL N'AIME PEUT-ÊTRE PAS LES BALADES EN BATEAU...
PEUT-ÊTRE...
FLOUSH
FLOUSH
BALADES ?
hé hé
WAH, HA, HA !
?
ET OÙ ALLONS-NOUS ?
VOUS VOYEZ CE BOUT DE TERRE AU MILIEU DU LAC ?
C'EST L'ÎLE DE YOCK

SHHHHH
WAH !
Kya
Kya
Pia
C'EST UNE VRAIE JUNGLE ?
OUI ! PRENEZ ÇA !
CETTE ÎLE EST DÉSERTE !!
OH !?
UN COUTEAU ?
IL N'Y A PAS D'ÉLECTRICITÉ, PAS D'EAU COURANTE ET PAS DE MAISON POUR VOUS PROTÉGER...
RIEN À PART QUELQUES BÊTES SAUVAGES
VOUS ALLEZ RESTER ICI UN MOIS !
IL N'Y A QUE VOUS DEUX ET VOUS ALLEZ DEVOIR SURVIVRE

AU FAIT... PAS LE DROIT D'UTILISER L'ALCHIMIE, C'EST COMPRIS !
QU...
QU'EST-CE QUE C'EST QUE CETTE HISTOIRE ?!
JE VIENDRAI VOUS CHERCHER DANS UN MOIS
QU... ATTENDEZ !!
« UN EST TOUT, TOUT N'EST QU'UN ! »

SI VOUS NE TROUVEZ PAS LA RÉPONSE D'ICI UN MOIS, JE VOUS RENVOIE À RESEMBOOL
BYE !
...
HEEEIIINNN ?!
Pia
Pia
Pia
Grrouu
Grrouu
GARGOUILLE !
J'AI FAIM ...
JE VEUX DORMIR DANS UN VRAI LIT !

« UN EST TOUT, TOUT N'EST QU'UN ! »
VOUS AVEZ UN MOIS POUR TROUVER LA RÉPONSE
L'ÉNIGME QU'ELLE NOUS A DONNÉE EST TOTALEMENT INCOMPRÉHENSIBLE...
ÇA VEUT DIRE QUOI « UN EST TOUT, TOUT N'EST QU'UN ! » ?
J'EN SAIS RIEN, C'EST UNE SORTE DE DEVINETTE, NON ?
MAIS SI ON N'ARRIVE PAS À LA RÉSOUDRE, ON NE POURRA PAS CONTINUER L'ENTRAÎNEMENT
HUUUUMMMM
MAIS QU'EST-CE QU'ON EST VENUS FAIRE ICI ?!
Pia Pia
Grou Grou Grou
SWASH !!
ELLE NOUS A BIEN EUS !

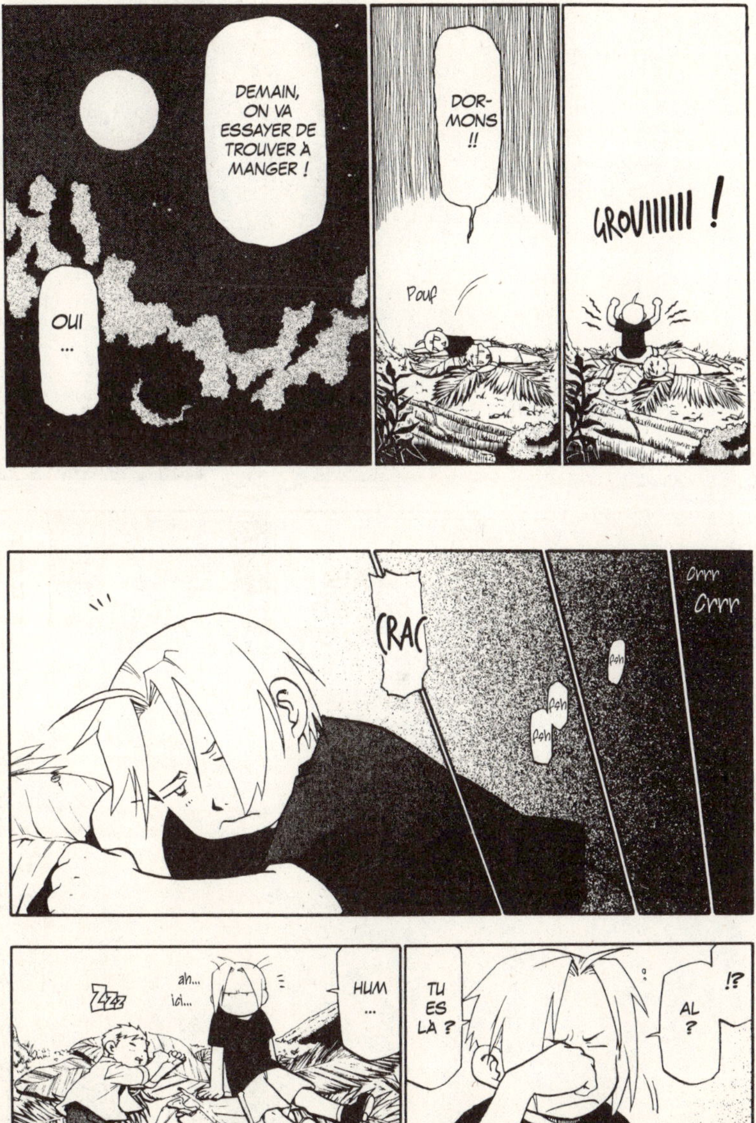
DEMAIN, ON VA ESSAYER DE TROUVER À MANGER !
OUI ...
DORMONS !!
Pouf
GROUIIIIIII !
CRAC
fsh
fsh
fsh
Crrr
Crrr
Zzz
ah... ici...
HUM ...
TU ES LÀ ?
AL ?
!?

SWOOSH
BLAM

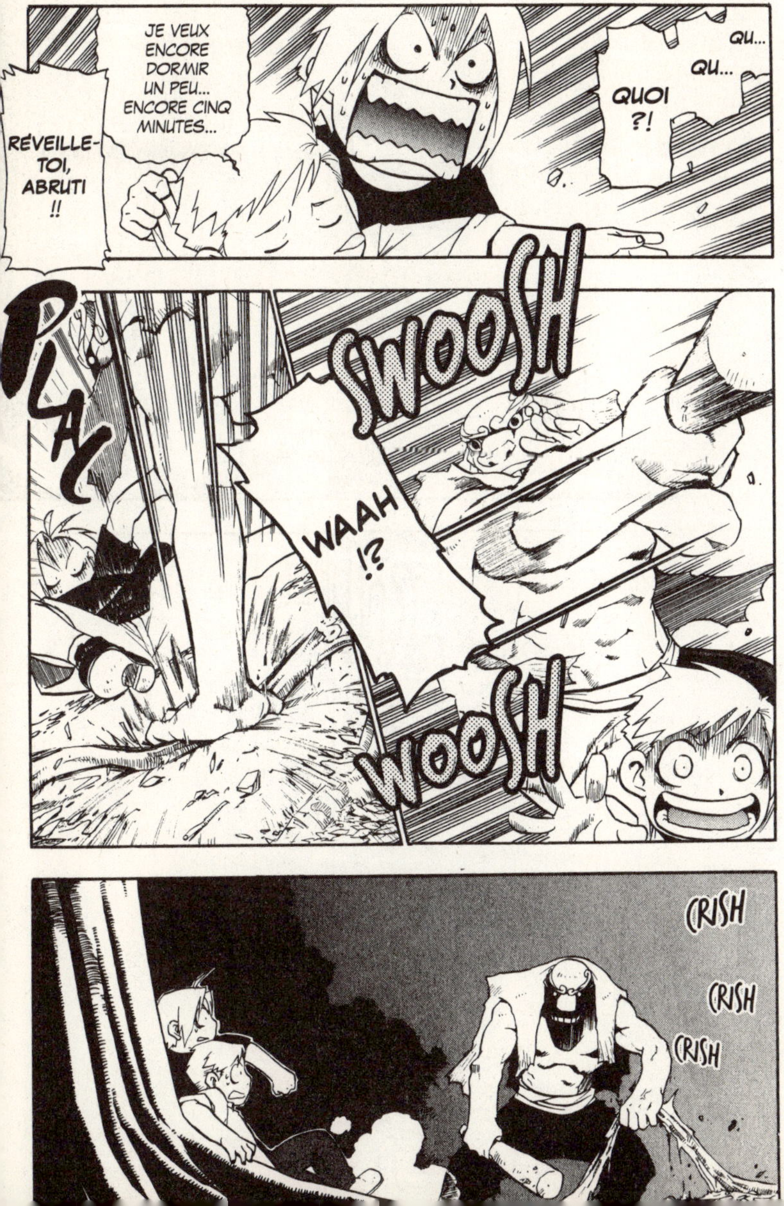
QU... QU... QUOI ?!
JE VEUX ENCORE DORMIR UN PEU... ENCORE CINQ MINUTES...
RÉVEILLE-TOI, ABRUTI !!
SWOOSH
PLAC
WAAH !?
WOOSH
CRISH
CRISH
CRISH

Fullmetal Alchemist II - Fin À suivre...

FULLMETAL ALCHEMIST

ARCHIVES

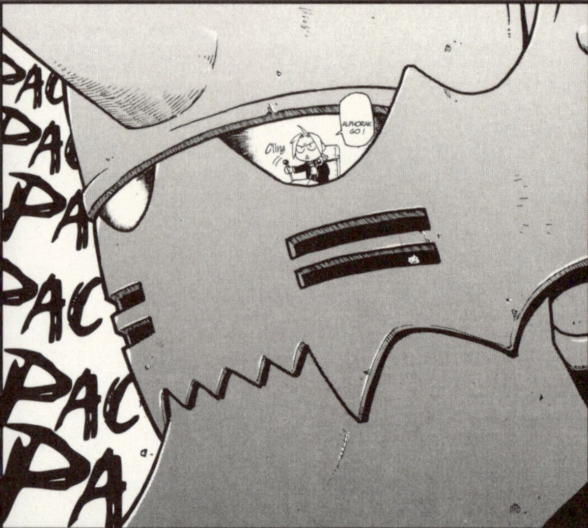

Bonus de couverture

Date de sortie :
12 janvier 2006

Tranche

Bonus de couverture

BONUS

VOYONS VOIR ...
JE VAIS L'APPELER : BLACK HAYATE
VOUS N'AVEZ AUCUN GOÛT POUR LES NOMS OU QUOI ?

CHAT !
OUI …
SI TU BRISES CE SCEAU DE SANG …
KLANG
LA VICTOIRE SERA TIENNE
MIAOU
MIAOU
MIAOU
MIAOURG
VOUS ÊTES GENTIL AU FOND …
EN FAIT …
IL ÉTAIT SOUS LA PLUIE ET…
CHAT ! ÉPISODE 2
CLING
MIAOU
BAM
BAM
BAM
MIAOU
PAF
MIAOU
BLAM
BLAM
MIAOU
VIENS TE BATTRE !
S'PÈCE DE MONSTRE !
Sshhh
Sshh
MIAOU
MIAOU
CLANG
CLANG

ARRÊTEZ-LES !
HEY, GRAND-FRÈRE, ARRÊTE DE METTRE DES CHATS DANS NOTRE ARMURE
OUI MAIS IL AVAIT L'AIR SI TRISTE...
EN FAIT JE PRÉFÈRE LES CHIENS !
C'EST MÉCHANT DE DIRE ÇA, TU SAIS QUE J'AIME BIEN LES CHATS
JE HAIS LES CHATS, ILS SONT ÉGOÏSTES !
OUI, MAIS LES CHIENS SAUTENT SUR TOUT LE MONDE ET N'ARRÊTENT PAS D'HALETER...
UN POLTRON COMME TOI NE POURRA JAMAIS COMPRENDRE LA VRAIE VALEUR DES CHATS !
TU VAS TE TAIRE, FRÈRE INDIGNE !!
COMBAT DE FRÈRES ...
TU SAIS TRÈS BIEN CE QUI VA T'ARRIVER SI JE M'ÉNERVE !
TIENS PRENDS ÇA !
DANS UN SENS SEULE-MENT
CLING
CLING
ARRÊTE ! TU VAS ME CASSER !
ARRGGH
DE BEAUX POILS
CES DERNIERS TEMPS, ALPHONSE A L'AIR PLUS ADULTE...
JE ME DEMANDE POURQUOI ...
...
MOI, J'AI DU POIL AUX PATTES !!
QUOI ? DÉJÀ LA PUBERTÉ !?
HA HA HA
CHOC !

LE RETOUR DE L'ALCHIMISTE AMBITIEUX !
COLONEL ROY MUSTANG, 29 ANS, CÉLIBATAIRE
SON RÊVE EST DE DEVENIR PRÉSIDENT ET D'IMPOSER LES MINI-JUPES AUX EFFECTIFS FÉMININS DE L'ARMÉE
J'AI HÂTE, J'AI HÂTE !
VIVEMENT QU'IL DEVIENNE PRÉSIDENT !
JE RESTERAI DANS L'ARMÉE JUSQU'À MA MORT !
QU'EST-CE QUE VOUS RACONTEZ ?
MON ARMÉE N'AURA PAS BESOIN D'HOMMES
JE VOUS VIRERAI TOUS AFIN DE COMPLÉTER MON HAREM !
TADAM
COLONEL ROY MUSTANG, 29 ANS, CÉLIBATAIRE, MORT DANS L'EXERCICE DE SES FONCTIONS
mini jupe
FIERTÉ MASCULINE
TOUT LE MONDE SE FOUT DE MOI PARCE QUE JE NE FAIS PAS MON ÂGE
JE NE SUIS PEUT-ÊTRE PAS ASSEZ ADULTE... QU'EST-CE QUE JE POURRAIS FAIRE POUR ME VIEILLIR UN PEU ?
GRRR GRRR
VOUS POURRIEZ VOUS FAIRE POUSSER LA MOUSTACHE, NON ?
C'EST TOUT À FAIT ÇA ! UNE MOUSTACHE !!
FEUTRE INDÉLÉBILE
UN PROBLÈME ?
NON ... C'EST PARFAIT
CE SONT DE BIEN BELLES MOUSTACHES...

Fullmetal Alchemist
Volume 4
-Special Thanks-

TAKAEDA Keisui
HINODEYA Sankichi
TOKOH Jun
YUDUKA Masanari
BABA Atsushi

SHIMOMURA Yuuichi

AND YOU !

Bonus de couverture

Date de sortie :
09 mars 2006

Tranche

Bonus de couverture

Fullmetal Alchemist
Volume 5
-Special Thanks-

TAKAEDA Keisui
HINODEYA Sankichi
TOKOH Jun
YUDUKA Masanari
BABA Atsushi
GUNJYO Noriko
HOSAKA Shu
SUGIYAMA Rika

SHIMOMURA Yuuichi

AND YOU !

C'ÉTAIT UN STYLO INDÉLÉBILE

LE JOURNAL DE LA FERME

CHAPITRE DU JOUR :
LE COMBAT DE CALEÇONS !